この恋、おくちにあいますか?
～優等生の白姫さんは問題児の俺と毎日キスしてる～

優汰

MF文庫J

口絵・本文イラスト●ういり

なんでもない変化のはずなのに、あいつのことが、どことなく違う人みたいに見えた。

その女の名前は白姫リラ。俺の通う私立海峡東高校で一番有名な女だ。

フランスと日本のハーフで、日本どころかフランスでも珍しい金髪のストレートヘアに、澄んだ碧眼がトレードマーク。

それに、学校指定の赤いリボンとコントラストを感じるほど白くきめ細やかな肌、細くすらりとした身体が描くしなやかな曲線。一切申し分のない、この上なく仕上がったみてくれだ。

容姿以外のステータスも人後に落ちない。運動神経抜群、学業成績優秀、温厚で他人に優しく、人柄も良し。おまけにモデル事務所に所属しているらしく、とある会社の社長令嬢とまできた。聞く限りじゃ欠点を探す方が難しい。

容姿、性格、才能、育ち、なにをとってもS級な白姫についたあだ名は、彼女のイニシャルと苗字の『姫』を取って『S姫』。間然するところなしの超優等生、完璧な美少女なのだ。

そして今日、そんな優等生のS姫が所属する、俺たち二年六組の教室は、彼女が室内に足を踏み入れた刹那、喧騒がはたと止み、静まり返った。

――白姫リラの金色の髪が、綺麗さっぱり短く切り揃えられてしまっていたのだ。

毛先は内側に丸みを帯び、長さは肩まで届かない。以前の腰まであったロングヘアとのギャップもあり、その変貌は一同の耳目を集めた。

「S姫、マジ?」

「バッサリいったなぁ」

「S姫のSはショートカットのSも追加だな」

「どうしたんだろ、俺長い方が好きだったのに」

「なんで切っちゃったんだろうね」

白姫(しらひめ)リラは、衝撃の余韻の中を静かに歩き、自席に着座した。

その日一日、白姫の咲かせる笑顔は、髪を切ってもいつも通りだった。

だけど、そんな白姫のいつもと違う短髪に、俺は不覚にも目を奪われていた。

Chapter 1. テリーヌ

Cet amour vous convient-il ?

「いい加減にしろ!!　君波透衣（きみなみとうい）ッ!!」

日本史の授業中、生活指導担当でもある近藤（こんどう）先生の怒号が空間を支配し、耳を劈（つんざ）く。

原因は俺の左耳についた、ブルーのメダイユのぶら下がったピアス。外せという注意を聞き入れなかった結果、こうなった。

呼ばれた自分の名をシカトして顔を窓に逸（そ）らすと、うっすらと自分の姿が目に映る。

ピアス、校則違反。前髪をまとめた額上の赤いピン、校則違反。襟足だけブリーチしたツートンのウルフカットの髪、校則違反。緩めたネクタイ、校則違反。真っ赤なパーカー、校則違反。一般的に言う『グレた高校生の格好』をしている自覚は自分でもある。

「何度も言わせるな！　そのピアスを外せ！」

近藤先生はさっきから、授業を中断してしつこくそう俺に怒鳴っている。でもこのピアスは、俺にとってはちゃんと意味があってしてるもの。

だから、外したくない。

あどけなく見られがちな目を細め、視線をクラスに戻すと、さっさと外せよ、と言いたげな衆目が視界に入る。

そしてその中で、風間（かざま）とかいうクラスのスカした野郎が俺の方を向いて立ち上がった。

「お前、いい加減ピアス外せよ」

正義のヒーローのつもりか、第三者の参入でことが余計面倒になる。でもだからってそれを、ピアスを外して解決はしたくない。

俺が再びそっぽを向くと、透かさず風間はそれをチクリと指す。

「ていうか、人と話す時はまず目を見て話そうな」

まるで子供でも扱うような風間の態度に腹が立って、俺は舌打ちをする。対して風間は、そんな俺に呆れ笑いを浮かべた。

「ほら、見ろよ？　みんな迷惑してるんだぞ？」

俺は『迷惑』という言葉にどうも引っかかり、眉を顰める。

「……ピアスのなにがおめーらの迷惑になってるって？」

背の高い風間は、俺の事を蔑むように見下ろし、整えられたストレートマッシュの髪をファサっと払った。

「わからないか？　こうしてお前が先生に注意されて授業が止まってる。迷惑じゃないか」

「授業止めてんのはそこの先公だから。授業やりたきゃそいつに言えば？　俺悪くねえし」

「なに!?　きみなッ――」

「んでお前、風間、だっけ？」

近藤先生が俺の言葉を叱るよりはやく、俺は風間を睨む。

「俺のピアスが迷惑な理由って、なに」

「だから言ってるだろ……この学校はピアス禁止だ。早く外せよそのピアス……学校の決まりを守らないから先生は今怒って……」

「んならお前は、学校の決まりなら今ここで全裸になるんだな？」

「な、なに言ってるんだ……なるわけないだろ？　話をすり替えるなよ」

「すり替えてねえから。そっちが校則を引き合いに出してきたんだろ。だから決まりなら従えって前提がそもそもおかしいって言ってんの。わかる？」

　間髪容れずに俺は話を続ける。

「むしろ、さっきから話すり替えてんの、おめーだから」

「なに……？」

「ピアス付けてるヤツなんて、この世に腐るほどいるっつの。そいつら誰かに迷惑かけてんの？　法律違反なのか？　倫理的にまずいのか？　違えだろ。ならなにがダメなんだ？　俺にはわかんねえけど、でもおめーらに言わせりゃダメなんだろ？　なあほら言ってみろよ、俺はさっきからずっと、『ピアスをしてはいけない理由』を聞いてるんですけど？　俺のこのピアスが、お前らになんの迷惑をかけてるっつーんだよ」

「それは……」

「あれれー？　風間くーん？　人と話す時は目を見て話すんじゃなかったっけー？」

歯噛みして黙る風間。いかに俺の主張が正当か、おわかりいただけたことだろう。

「風間、お前はなにも間違ったこと言ってないぞ。この問題児の頭がおかしいだけだ……」

風間のだんまりを見兼ねた先生は、俺をさも悪の象徴みたいに吊るし上げてそうフォローしたあと、「よし」と自身の手のひらを合わせた。

「そこまで言うならもうわかった。校則も守れないような問題児はここに必要ない！　今すぐ教室から出て帰れ！　好きにしろ！」

でたー、先生お得意の決まり文句。

一応先生の言葉を素直に受け取り、今一度どうすべきか二択を天秤にかける。出ていくか、ピアスを外すかだ。

だがどう考えても、ピアスを外してまでここに残る意味がわからなかった。結局ピアスを付けていることの何が誰に不利益を被らせているのか、そこが明確になっていないのに、ただ『決まりだから外せ』という言い分にどうしても納得がいかない。

そして「ほらほら！　帰った帰った！」と、急かす先生。そこまで言われちゃしょうがねえ。俺は鞄を手にして席を立った。

俺が窓際の一番後ろの席から後方の扉に向かって歩き出すと、先生はさっきまで血走っていた目を丸くして、額から脂汗を垂らす。

「待て君波、……どこいくつもりだ？」

「ピアス外せないんで、帰るっす」

「バカもん！　本当に帰るやつがいるか!?　ピアスを外せばいいんだよ！　お前は先生に死ねと言われたら死ぬのか！」

四十を過ぎたオッサンの、ツンデレガールみたいなキレ方に呆れる。

「死なねえよ。だからピアスも外さねえんだよ。むしろ、帰れって言われて帰ってやるだけ感謝しろっつーの。じゃあな」

「な、なんだとぉ……？　っておい！　ちょっと待て！　止まれ君波ぃ！」

廊下に出た俺を追って、教室から飛び出した先生。校舎に木霊する怒鳴り声に、別の教室にいた他クラスの生徒や教師もなんだなんだと顔を出した。

そして耳をすませば、

「また君波透衣か……懲りないやつだなあ」

「あの不良、いつも一人でいるし、ていうかよく進級できたよな」

「大人しく先生の言うこと聞けばいいのに……」

なんて声がチラホラと。

クラスメイトも近藤も、全員が俺の背中を見ている。『十人十色』なんてよく言うが、俺にはどいつもこいつも、同じ顔をしているように見えた。こうして揃いも揃った顔を見ると、同じ顔をしなきゃならないという、集団の同調圧力が心底バカらしく思える。

先生は俺が足を止めたことにほっとため息をつき、額の冷や汗を手で拭う。

「いいか君波、そこを動くなよ……この際今日はピアスくらい許してやる……だからせめて大人しく授業を受けてくれ……後で怒られるのは俺なんだ……」

「でも先生が言ってくれたんじゃないっすか、死ななくてもいいって」

「ぐぬぅ……」

「じゃ、そゆことで～」

「おのれぇ！　君波ッ!!　君波透衣ぃぃぃッ!!!!!!」

舎内に俺の名が響き渡る。俺は、廊下という名の、皆が注目する俺のためのランウェイを駆け出した。

◇

階段を駆け下り、生徒玄関に辿(たど)り着(つ)いた俺は靴を履き替える。人がいないせいで靴をすのこに落とす音がやたらと響き、それが俺の心の虚(むな)しさを煽(あお)った。

玄関前のロータリーに沿うように植えられた桜の木は、既に緑交じりに春の終わりを主張している。

校門を目指しながら、さっきのことを思い出してため息をつく。

自分で言うのもなんだけど、校内の有名人と言えば、俺の存在もそうだ。

もっとも俺が、あの白姫リラに釣り合うほどの美貌の持ち主だとか、白姫に張り合えるほど才能に満ち溢れてるとか、そういう話ではない。

すべてにおいて対極にあるのだ。

優等生と不良、天使と悪魔、月とすっぽん、そんな感じ。どっちがどっちかなんて言うまでもない。サボりがちだった学校にちょっと来てみればこれだし。

とはいえ、俺だって別に、好きで誰かと対立しているわけじゃない。俺はただ――。

「……なりたい自分で、いるだけなんだけどな」

そう俯きながら、また嘆息を漏らした折も折――。

「待って！　君波くん！」

俺の足を止める高い呼び声を聞いて、振り返った。

「――えっ」

そこにいたのは、あの髪の短い女子だった。

白姫リラ――今話題のＳ姫だ。

「はぁ……はぁ……」

白姫は走ってきたのか、息を荒らげて膝に手をついている。そして息を整えると、風に揺れる短くなった髪を手で押さえながら、まるで蕾が綻ぶような優しい笑みを浮かべた。

「……えへへ、よかった。間に合って」

これが俺と白姫リラのファーストコンタクトだった。偶然にも、こいつが髪を短く切ってきたその日のことだった。

……なんでS姫がこんな所に？

S姫に対しての興味なんて、今まで微塵（みじん）もなかった。周知の情報と、たまに目に入る学校での振る舞いくらいしか知らなかったし、それ以上知ろうとも思わなかった。

でも、短くなった髪を見て、少し興味が湧いた。

「……なんだよ？」

校内の誰しもが儚（はかな）くも恋する、届かずとも憧れるS姫は今、俺のためにここにいる。

優等生と問題児。俺と交わるはずのない白姫が俺を呼び止める理由。普通のヤツとは違うS姫はこの場に何をしに来たのか、期待がうずうずと背筋を走る。

「……帰るの止めに来たの！　戻ろ？　あたしも一緒に謝るからさ！」

——そして白姫リラの言葉に、俺はあっけなく失望した。

ただよくよく考えてみれば、俺が一体白姫に何を期待し、白姫の何に失望したのか、それは自分でもよくわからなかった。

照れ笑いのようなはにかみを見せる白姫。白姫の多彩な笑顔。これがきっと、こいつがみんなから好かれる所以（ゆえん）だろう。愛想の良（い）いヤツ。

ただ俺にはそれが、愛想だってことがわかる。

「……んなこと言いにわざわざここまで来たのかよ。余計な世話焼いてんなよ。お前にそこまでされる筋合いねえし」

「え、えっと……」

白姫は、まだ見慣れないショートカットの髪の先をくりくりと人差し指に巻きながら、なにかを思案したあとに、閃いたように言った。

「あ！　ほらあたし、学級委員だし！」

「……知ってっけど」

「ハハハ、だよね……」

白姫はまたも、ひらひらと笑う。

――あぁ、こいつ俺の口に合わねえ。

所詮髪を切っても、白姫リラは白姫リラだった。

白姫はいつ誰と話している時も、一瞬の感情の綻びも見せず、百パーセント笑みを咲かせている。だが、人間に浮き沈みがないはずない。なら百のうち何割かはきっと偽り。

その愛想笑いが俺は気に食わない。別に可笑しくもないのに、楽しい訳でもないのに、なぜ他人相手にそこまであつらえ向きの自分でいられるのか、甚だ疑問だ。

「話終わりなら、もう帰るけど」

「……なら、帰る前に、もう一つだけいいかな？」

俺が牽制するように睨みつけても、白姫は笑顔を絶やさない。誰も寄り付かない俺に、白姫だけは優しく歩み寄ろうと試みる。いつもなにかに反していて、みんなに嫌われる俺とは違う、きっと常に正しくて、みんなに愛される白姫の、俺にはないＳ姫のそういう所が、心底口に合わない。

「素敵なピアス、だね」

「は？　ああ」

「なんでそのピアス、外さなかったの？」

「いいじゃん別に……んなの俺の勝手だろ」

なにかと思えば、俺を咎めるための義務的な質問だ。妙に事情を気にされているようだが、そんなのに真面目くさって答える必要はない。

俺は、白姫が常に正しくあるように、俺の正しさを説く。

「髪、あんま評判良くねえらしいな」

「あぁ、うん。やっぱりしなきゃよかった、かな」

白姫は所在なげに自分の横髪を手ぐしで梳いた。様子を見るに、どうやら切ってしまったことを後悔しているらしかった。

俺はその不穏な顔を笑い飛ばすみたいに、大層どうでもいいことのように言った。

「でも、人がどんな髪型にしようが、そんなの人の勝手じゃん」

「……?」

「それと同じじゃねーの」

白姫は目をぱちくりさせて、ただ俺を見つめた。それは誰しもの憧れの対象である白姫からはあまり想像のつかないような、珍しくまぬけな顔に俺には見えた。

そしてそんな白姫の方が、いつもの白姫よりずっと、可愛げがあるようにも思えた。

「俺は、その髪型――」

と、言いかけたところで、

「コラーッ！　逃がさんぞ、君波ぃッ！」

近藤先生が昇降口から走って来ているのが見えた。

「やっべ……あの野郎、まだ追いかけて来て……ていうか……」

「さっきより増えてる……?」

白姫の言う通り、応援を頼んだのか、先生が三人ほど増えている。に、逃げなきゃ……。

「ほら……やっぱり戻った方が――ええ!?」

白姫が俺を止めようとする頃にはもう、俺はこの学校という箱をとり囲むフェンスの網に手と足をかけ、よじ登り始めていた。こんな柵、俺にとっちゃ屁でもない。

「ちょ、ちょっと！　なにしてるの!?　危ないよ！」

「近道！　こっから正門まで回んの面倒だし！　よっ、ほっ」

「この高さを……？」

桜の木を越す高さの柵を跨ぎ、下りへ折り返すと、網越しに唖然とする白姫と目が合う。

「い、今からでも戻りなよ！　まだ許してもらえるかもしれないよ！」

「言っただろ？　俺は俺！　俺のことは俺の好きにすんの！　ただのおっさんの許しとか、んなもん要らねえよ！　よっと！」

誰がなんと言おうと俺は俺であり、白姫は白姫だ。それだけは揺るぎない事実であり、ひっくり返ってはいけない摂理なのだ。だからこいつが髪を切ろうが、俺がピアスを耳に通そうが、それは俺達の勝手で自由。

ある程度の高さで網から飛び降りると、俺は乗り越えたフェンスに手をつき、まだ柵の中にいる白姫に置き土産を届けるように言った。

「だからその髪も、てめえで切ったんなら胸張ってろよ」

「……！」

進行方向に向き直って走り出した俺は、白姫リラがどんな表情をしていたのか、見ようともしていなかった。俺は俺の人生を生きるので必死なのだ。

しかし、俺の行く手を阻むのは学校だけではない。

やっとの思いで学校からの逃げ切りに成功し、家への近道である路地裏に入ったところで、今度はたむろしているガラの悪い三人組に出会してしまった。幅的に道をあけてもらわなければここは通れないだろう。こいつらのために引き返すなんて考えは、俺にはない。

「なあ、邪魔なんだけど」

俺がそう言うと、リーダーっぽい一人が目を細めて立ち上がる。

「――はあ？　なんだいきなり。なんでわざわざこんな細い道通るんだよ」

「それ俺のセリフだから。なんでわざわざこんな細い道でたむろってんの？」

「ッ……ちんちくりんのガキの癖に生意気だな……あんま言ってっと手ぇ出んぞ？」

「…………あ？」

どいつもこいつも、俺のことなんてわかろうともしねえで、邪魔ばっかり……。

「お、思い出した……」

と、もう一人の男の額から汗が垂れ、立ち上がって一歩後退する。

「こいつ、まさかあの君波透衣じゃ……『過去にふ頭で骸の山を作った』とか……『孤軍でヤクザのアジトを壊滅させた』とか……この辺じゃ有名な不良っすよ……先輩、これやめといた方がいいんじゃ……」

三人を睨みつけると、最初にいちびっていた男が踵を後ろに引き、脇の二人もそのスペースを開けるように同じく足を引く。言っておくがこの噂はただの噂だ。なんなら知らねえ間に噂が酷くなってる。って、そんなことはどうだっていい。

「で、誰がちんちくりんのガキだって？」

「ちょ、調子に乗るなよ？　大体三人相手に勝てると思ってんのか！」

「三匹で集っても雑魚は雑魚だ」

「てんめえ……！　ぶっ殺してや――」

　ズカッ――。

　拳を振り上げて襲いかかろうとした真ん中の男が、海面を跳ねる魚のように背面跳びをして、背中を打ち付けて地面に倒れる。

　真上に蹴り上げた俺のつま先が、男の顎に刺さったのだ。

　そしてそのまま痙攣して動くことも喋ることもできなくなった男は、これまた海から打ち上げられた魚のようにビタビタと地面を跳ねるだけ。まさに雑魚。

「ほら、いっちょ上がり」

「ひっ……先輩！　先輩！」

　我ながら板前もかくやという締めの技術。だが喧嘩は好きじゃない。怯えた目で俺を見る子犬のような残りの二人には、優しく微笑む紳士な俺。

「泣き入れろカスども。したら許してやるよ」

「「は、はい！　すんませんっしたぁ！」」

　これが俺、君波透衣。そりゃ不良と言われてもしょうがない。

◇

時は少し過ぎ、日も暮れて、ピークを迎えるとあるビストロのフロアは、今日も嗅いだだけで今にも虎になってしまいそうなワインのぶどうとアルコールの匂いや、香ばしく焼き上がるコースのメインディッシュの肉の香りでいっぱいだ。

「失礼します。こちら、前菜の『春野菜のテリーヌ』になります」

色とりどりの野菜の断面は、まるで雨上がりにかかる虹のよう。それを額に収めたような四角い見た目のこの料理、『テリーヌ』の乗った皿を、カップルが向かい合って座る卓に運ぶと、男女は二人して物珍しそうな顔をした。

「うわぁ、すご〜い。……で、『テリーヌ』ってなあに？」

「あぁ、え〜っと、聞いたことはあるんだけど……『テリーヌ』ってなに？」

女性の疑問に男性は逃げ場をなくし、そのまま質問を俺に受け流した。

「『テリーヌ』はフランス語で容器のことっす。入れ物っすね。フレンチとかスイーツでよく出てくるテリーヌは、容器や型に入れて作ったもののこと。元々は中世のヨーロッパで保存食をつくるのに使われてた調理法（ちょうりほう）なんすって。このテリーヌは、型の中に野菜を敷きつめて、味付けしたゼリーで固めて形にしたもんっす」

「はぇ～……そうなんだ……」

料理を見て声を漏らす男性客。俺の話に関心を示す彼を見て、少し嬉しくなった。

「野菜って食べやすいサイズに切った後は、ただ添えられたり、そのままボウルに突っ込んだだけだったりが多いから、こうやって収まりがいいと食べやすいし、保存もしやすい。作るのも簡単なんで、家でもオススメっすよ」

我ながらねんごろな説明に、目を丸くする二人。

「お兄さんすご～い！」

「あーあ、全部お兄さんにもってかれちゃったなぁ」

女性客が胸元で小さく拍手をして、俺を少し大袈裟に囃し立てるが、驕ることはない。

尻の置き所が悪そうに苦笑いしている彼のフォローも欠かさなかった。

「いやいやそんな。このビストロを見つけてくれた彼氏さんの方がセンスあるっす」

「うぅ、お兄さん超優しい……い、いただきまぁす！　はむっ――」

俺の励ましに涙を浮かべ、テリーヌを一口切り分けて口にする彼。目を瞑って味わうように咀嚼する。俺は息を飲んで彼の感想を待った。

「どうですか？　お口に合いますか？」

「……うまっ！　すごくおいしいですこれ！」

彼の笑顔を見届けて胸を撫で下ろし、俺は深く腰を折った。

「なら良かったっす！　コースはまだ続きますので、ごゆっくりどうぞ！」

薄い照明に照らされた木目調の店内を横切って裏に捌けると、今度は俺と同じ格好をした同僚の女子が俺の横に立った。

「……学校とのギャップすご。好青年ってカンジ？」

「ほっとけよ……」

こいつの名前は冠城いちご。ある事情で同じ店で働く、同じ学校、同じクラスの女子。

赤色のミディアムヘアが特徴で、今はその髪を仕事仕様に高く一つに束ねている。くりりとした大きな目が可愛らしい。白のワイシャツに黒いスラックス、黒のサロンエプロン。俺と同じギャルソンの制服を着ているとクールにも見えるが、知る限り友達はギャルばっか。

そして今俺といちごが働いている、大して繁盛していないこのレストランは、フレンチビストロ『メゾン』。俺の父親がオーナーの店だ。

「で？　なに授業めちゃくちゃにしておいて、自分だけ先に帰ってんの」

「なっ……うるせえな、俺なんも悪くねえだろ」

「もぉ、大変だったんだからね？　うちの友達がみ～んな、『あいつやばくね？』『うん、やばい』『超やばい』ってさ。だからうちも『やばい』って合わせるカンジ！」

よくわからないギャル王国のギャル語の話を聞きながら、一日を振り返ると、自然とあ

の髪の短い金髪女との出来事が頭に浮かんだ。別に接点も因縁もない。ただ少し言葉を交わしただけなのに、不思議と印象に残っていた。

「って……ちょっと透衣（とうい）、聞いてんの？」

頬（ほお）を膨らませた顔が俺に詰め寄る。こんなアホそうでも、実は昔から男子に人気ってだけあって、目鼻立ちはすごく整っていて、顔が近いと少し気圧（けお）される。

「き、聞いてるって……やばいって言ってるだけじゃん。それのなにが大変なんだよ」

「なにがって……あー、透衣、学校に友達（ともだち）いないしわかんないか」

「は？　いねえんじゃねえから、作ってねえだけだから」

そう断るが、いちごは話を聞いていなさそうで、なにかもじもじと俯（うつむ）いている。

「そ、それに……透衣のこと、他人の振りするの……やだし」

「へー、なんで？」

「……き、聞くなバカ」

よくわからないが、なんだかヤケになって話を切りあげるいちご。

「……まったく、意地張っちゃってさ。透衣もみんなと仲良くすればいいのに」

「いいって……そういうの、俺の口には合わねーの」

「でたでた。透衣がなにか否定する時って、絶対それ言うよね。そうやって口に合わないってさ、食べてもないくせに」

「なにが言いたいんだよ……」

なんて、仕事を忘れて話し込んでいると、シェフのいるキッチンと繫がる小窓からメインディッシュがひょっこり出てきた。

「おい透衣、いちゃついてないでこれ三番卓に持ってってくれよ」

「真淵さん……お、おう……」

この店のシェフである真淵さん。姿は見えないが、小窓の奥から声だけは聞こえてくる。

「あとお前、接客の時は『～っす』じゃなくて『です』な？　何回も言わせるなよな。この店継ぐつもりなんだろ？」

「う、うっす……」

「おい」

「で、ですです！」

色々なものから逃げるように、俺は料理とともにフロアに出た。

同じ中学出身で、その頃からの知り合いであるいちごには、同じ高校への入学を機に、俺と知り合いだということを周囲に内緒にして、なるべく俺と関わらないようにするよう言っている。理由はひとえに、学校では一人を貫きたいからだ。

不良の俺と関わっているなんて知れたら、いちごにもきっと迷惑がかかるし、いちごと関わっていることで俺が学校で変な気を遣わなければならなくなるのも邪魔くさい。

誰かのリスクを俺が背負う必要はない。俺のリスクを誰かが担う必要もない。

俺は俺、他人は他人。それくらいの距離感がちょうどいい。

そう思っていた。

◇

今日最後の客である単身のマダムの退店に、深々と腰を折る午後十時。

「ありがとうございましたー！」

高校生が働いていい時間は午後十時までらしいが、ここからは高校生が自主的に、というテイで店の閉め作業を行う。

見送りを終え、店入口の営業札を『ＣＬＯＳＥ』にひっくり返して店内に戻ると、既にいちごがカトラリーを片付け始めていた。いちごには悪いがここは任せておいて、いつもこの時間、俺はというと。

「真淵さん！　今日はなに作ろうか！」

キッチンに顔を出すと、うちの店のシェフである真淵さんが調理器具を洗って食洗器の中に並べている所だった。

「おー、お疲れ。透衣はホント、料理の事に限っては勉強熱心だな」

「まあな！　本当なら高校なんて今すぐやめて、この店でずっと働いてたいくらいだ！」

営業時間後はいつも、真淵さんに料理を習っている。そして俺は将来、この『メゾン』を継ぐ。そう決めているのだ。

「そんなこと言って、大人になってからちゃんと青春すればよかったって後悔するなよ」

「はいはい、わかってるって！　てかまだ使うんだから器具片付けんなよ。仕込みまだだろ？　それに俺今日練習したいメニューがあってさ！」

「あー、それなんだけど」

真淵さんは洗い物の手を止め、後ろのカウンターに腰を乗せる。

「今日は特訓なしで。あと明日の仕込みも今日はもう済ませてるから」

「ちょ、は？　なんでだよ！　俺は一日でも早くこの店のメニューをマスターして――」

「シーッ！」

真淵さんは人差し指を口に当て、強めに俺を黙らせる。

「なんだよ……」

「上、オーナーが来てるよ」

「え？　親父が……？」

「あぁ、なんかお前に話があるんだと」

「話？　話って、なんのだよ」

「そこまではわからんけど、とにかく行ってこいよ。店は俺らで閉めといてやるから」

「……わかったよ、ありがとう」

厨房から出た俺は、スタッフオンリーと書いてある扉の先の階段を登る。

この店の二階は、俺の住み込んでいる部屋になっている。バス、トイレ、キッチンなど、生活に必要な基本設備の揃った十二畳のワンルーム、そこで俺は一人で暮らしているのだ。

部屋の明かりは既についていた。勝手につけたのは、ダイニングテーブルに許してもないのに腰掛けてやがるこのクソ親父だろう。

「ボンソワール。透衣」

気色の悪いフランスかぶれの挨拶をする純日本人の老けたオッサン。こんな気の抜けた野郎が俺の父親だなんて、信じたくない。

「いやー、悪いな。本当はもっと早く来るつもりだったんだが、ちと東京の店での会食が長引いたもんでなー」

「……なんで帰ってきたんだよ」

「おいおい、ここは俺が建てた店だぞ？　こっちに残るって駄々を聞いてやったんだから文句言うなよ～」

「急にこの店を置いて東京に引っ越すって言い出したのはおめーだろ」

実の父親、君波勇だ。普段は東京にある自分のマンションに住んでいる。

はっきり言おう。俺はこの親父が大嫌いだ。

「真淵さんから聞いた。話ってなんだよ」

「あぁ、明日メゾンを貸切にしてるから、よろしくなーって、それだけ」

「それだけって……なんかあんのか？」

「なんかもなにも、お前に話があるんだよ」

「俺に？　だったら今話せよ。なにもメゾン貸切にしてまでする必要なんてねえじゃん」

「明日取引先の相手が来るからその時に話すって。二回も話すの面倒だろ」

早速話が嚙み合わない。この親父は自分の都合しか考えてない。俺にとって関係のある話なら、面倒でも俺に可能な限り早く話すのが筋ってもんだ。

だけど、そんなことを言っても、結局社会の常識を知らないからどうとか、まだ子どものくせにこうだとか、生きてきた年数にものを言わすのがこのバカ親父のいつもの事だ。

自分がどれだけ正しいことを言っても、結局子どもという自分のレッテルのせいでその理屈の正当性はすべて失われる。だから大人と話すのは嫌いだ。だから親父が嫌いだ。

俺の父親はこの『メゾン』のオーナーであり、以前はこの店のシェフだった。メゾンは、親父が調理の専門学校を卒業し、フランスで料理の修行をして帰国後に建てた店なのだ。

だが親父は、知り合いの経営する東京のホテルの三ツ星レストランにシェフとして働かないかと誘われると、言われるがまま、自分以外のシェフをメゾンに雇い、単身で上京。

それをきっかけに瞬く間に出世。その後独立し、東京で始めた店でさらに成功。店舗数も順調に増やし、今の親父はシェフではなく、経営者だ。

それから家族での上京の話が出て、それがちょうど、俺が高校に入学する少し前。俺だけはここに残る選択をし、ここの二階の部屋を借りているというわけだ。

で、問題は、俺がメゾンを継ぐことをこいつが反対しているということ。

「言っとくけど、俺本気でこの店継ぐつもりだから。それに関係ねえ話なら聞かねえぞ」

親父は昔から、将来は四年制大学を卒業させて一般就職させるつもりで、俺に英才教育を施していた。

そんな俺が不良と呼ばれるような学生になった理由は至ってシンプル。その敷かれたレールから外れてメゾンを継ぐためだ。

料理以外しなければ、シェフ以外の道は無くなる。自ずと親父が考えている優等生街道から外れることが出来るはず。そういう寸法。すべては親父に抗うため。

しかし親父は、俺の拒否を分かっていたように笑う。

「お前は変わらないな。こんな腐った店、なにをそんな執着する必要があるのだか」

「腐った……？　腐ってんのはお前だ！　お前だってこの店のシェフだったんじゃねえのかよ！　なんでそんなに東京の店にこだわんだよ！　メゾンはもうどうでもいいのか！」

「あーもういい、反抗期の息子と話すのは疲れる。ったく、親の気も知らないで」

「反抗期って……俺は！」

「いいって言ってるだろ――やかましいな。明日、夕方六時だ。その五分前には店に下りてこい。お前みたいな問題児にはもったいないくらい、いい話をしてやる……あぁ、俺だ。もう出る。あぁ、店の下に停めてくれ」

親父は電話の傍らで俺をあしらった。俺に話す隙すら与えてくれない。こうも理不尽だと、会話のモチベーションが一気に削がれる。

そして親父は電話を切ると、玄関に下りるために階段に足をかけた。

「そうだな、どうせ言ったってギャーギャー騒ぐに決まってるだろうが、まあ、もったいぶるのもなんだし、一つだけ教えておいてやる。明日の話についてだ」

「……なんだよ？」

親父は俺の顔も見ずに、背中を向けて言った。

「メゾンは、年内で閉める」

「…………………あ？　……あぁ？」

絶句している間に、親父は階段を下りた。

焦燥と怒りが同時に背からこみ上げ、マグマのような熱が頭に登った。

慌てて俺は玄関に向かう父親を追いかけた。

「っざけんなッ!!　ちょっと待てよッ!!　閉めるってなんだよッ！　んなこと今まで言ってなかっただろうがッ!!　なんだって急に——」

「もう決めたことだ。詳しくは明日話す」

親父は足を止めずに外へ出る。俺はめげずに親父の背中に声を投げかけ続けた。

「おいコラッ！　まだ話は終わってねえぞッ！　逃げんなッ！」

だが親父は俺を無視して、黒いワゴン車の後部座席に乗り込んだ。

開けろとなんども車のリアガラスをノックしたが、親父は俺の事など見向きもせず、車は無情にも走り出した。

「くっそがッ!!　くたばれバカ親父————ッッッ!!!!!!」

俺の叫びは届かなかった。

悔しくて堪らない。どうして対等な話ができないのだろうか。子と親である前に、俺も親父も人と人なのに。

俺の人生はずっと箱の中で型にはめられ、親父の手で調理されているのだ。

Chapter

2. ファーストキスはレモン味

Cet amour vous convient-il ?

店の貸切日、当日。親父が用意したスーツに着替えて、姿見鏡の前に立った。

スーツの色味のセンスも俺にはまったくわからない。黒のスーツに黒ワイシャツ、ネクタイは赤というカラーリング。これ、正装として成り立ってんのか？

「透衣（とうい）？」

仕事着のいちごが店から俺の部屋に上がってきた。俺のスーツ姿に気づくと、にやにやしながら俺のことを見る。

「ふーん、新米ホストってカンジ」

「バカにしてんのか」

「その……カッコイイよ」

「はいはい」

適当に返事をすると、いちごは頬（ほお）を掻（か）いて目を逸（そ）らしながら、用件を告げた。

「そ、それと！　もう取引相手とかって人が来てるから、オーナーが透衣を呼んで来いってさ。今日、大丈夫？」

「大丈夫、なんとかやるって。あいつがなにを言ってこようが、俺は絶対メゾンを継ぐ。それは変わんねーよ」

俺が自分の志を確かめるように口にすると、いちごも嬉(うれ)しそうに小さくガッツポーズを作って「そうこなくっちゃ……！」と小声で俺を励ましてくれる。

俺はシャキッとネクタイを整えた。

『メゾンは、年内で閉める』

親父(おやじ)が昨日言っていたことを思い出した。

大事な店なんだ。メゾンは、俺が終わらせねえ。

いちごとフロアに降りると、中央の四人がけテーブルに座る親父と、その向かい側に座る、ある男性が目に入った。

「お、透衣(とうい)。やっと降りてきたか～」

「透衣くん!?　いやぁ～、大きくなったものだ。本っ当に久しぶりだねぇ」

親父に続いてこちらに気づいた男。恐らく取引相手とやらだ。いちご風に言うと『なんかイイカンジのイケおじ』だ。

「え……？　は、はぁ……会ったことありますっけ……」

「まあ覚えてないか。ずいぶん昔だもんね。ハンサムになったなぁ。君波(きみなみ)の子供だな」

イケおじは物腰柔らかい雰囲気だが、警戒は解いてはいけない。このおっさんがメゾンの閉店に関与している可能性は充分にある。

まあ座れと促され、言われた通りどこか座り心地の悪い椅子に座る。

「ところで、透衣くんがここに来てくれたってことは、気持ちがまとまったってことでいいのかな？」

とうとう本題だ。おっさんの話に俺も身構えた。メゾンを閉めるって話だろ？　んなもん気持ちは決まってる。

「はい、メゾンは閉めませ――」

俺が胸を張ってきっぱり断ろうとすると、親父はそれを誤魔化すように話を被せる。

「か、考えるもなにも、最初から話を断るつもりはないさ！　無論、こいつに拒否させるつもりも無いしな！」

「おい！　メゾンなら絶対譲らねえぞ！　俺はメゾンを継ぐんだ！　そう決めてんだ！」

いつもと変わらず親父と対立する俺の態度を見て、イケおじは顔を顰める。

が、ただ喧嘩に呆れているだけではどうもなさそうで。

「え、待て待て……君波お前、まだ透衣くんに話してないのか？　話と違うじゃないか。もうこの話をしてから二年は経ったぞ。なんでまだ黙ってたんだよ」

二年……そんな前からあった話なのか。

親父はイケおじの質しに、なぜか俺を見ながら少し言葉を迷わせる。親父にしては珍しく、どこか申し訳なさそうだった。それは取引相手にか、それとも――。

「こ、こいつ今反抗期だからさ！　なにを言ったって犬が吠えるみたいに『いやだ』って突っ張るんだよ！」

「だから……俺は反抗期じゃ――」

「ほ、ほら、反抗してるだろ？」

「あのなぁ……」

イケおじは俺達の様子に苦笑いする。

「ま、まあまあ。僕も高校生の頃なんてそんな感じだったしさ」

あからさまに若気の至りだと思われてるな。

「にしたって、今日いきなりこんな話をするのは……透衣くん、彼女とかいない？」

「はい？　彼女？　いや、いないっすけど……あの、今日ってメゾンの話じゃ――」

突飛な質問に俺は思わず目を細める。俺の色恋話の一体何が、メゾンの閉店に関係あるというのだろうか。

「あー、あの子遅いな～」

また親父が割り込んでくる。おい……今どう考えても俺のターンだろうが……。

「え、あぁ……もうすぐ着くと思うんだけど……あ、来たんじゃないか？」

「はぁ……？　あの子って誰――」

ちょうどうちの店のドアベルが鳴った。まったくなんなんだと、俺もイケおじの視線の先を見ると、そこにはゴージャスな漆黒のドレスを妖艶に揺らし、こちらに向かってくる美少女の姿があった。イケおじはその美少女をこちらへと手招きする。

いや待てよ、あいつ――。

「遅かったじゃないか、もう透衣くんも来ているよ」

こつこつとヒールを鳴らし、確かな足取りでこのテーブルに辿り着いた彼女を俺は知っていた。短く切り揃えられたブロンドの髪に紫の花の髪飾りがきらりと光る。

「おぉ～、トレベル……。美しい」

親父もその端麗な姿に感嘆する。

間違いない。見間違うわけがないほど、彼女は俺の記憶に新しい。

「すみません。ドレスを着るのに少し手間取ってしまって」

彼女は小首を傾げ、際限なく可憐に、息を飲むほど優艶に、満面の笑みを浮かべている。

そして、イケおじも同じく柔和な笑みを浮かべた。

「さ、どうやら事情を知らないようだし、改めて透衣くんに自己紹介しなきゃね。僕は君波の高校時代の友人、白姫雅人だ。で、この子が娘の――」

「――白姫リラです。今日はよろしくお願いします」

◇

口直しの『レモンのシャーベット』の後、メインディッシュ、『神戸牛のポワレ』をテーブルに運ぶいちごに、S姫こと白姫(しらひめ)リラが食いついた。

「冠城(かぶらぎ)さん、ここで働いてたんだね。知らなかった！」

「えっと……ま、まあね～……邪魔しちゃうとあれなカンジだし、うちはこれで……」

　料理と笑顔を提供するのが仕事のスタッフであるいちごも、さすがの状況に顔を引(ひ)き攣(つ)らせる始末。

「リラちゃんは高校に入学する前に会って以来か。いやぁ、それにしてもまさか、ここまで綺麗(きれい)な女性になるなんてね。モデル事務所に入ったんだって？」

「最初は僕の知り合いのブランドのモデルを、頼まれて引き受けただけだったんだが」

「けど楽しいですよ！　この前もちょうど撮影で沖縄に行って――」

　会話の傍(かたわ)らで、俺は頭をフル回転させる。

　口ぶりからするに、イケおじが俺を認知していたのと同様で、親父(おやじ)もS姫と顔見知りのようだった。昔のS姫をよく知っているみたいだし、最後が高校入学前だとすると、それなりにコンスタントに顔を合わせるくらいには関係も親密そうだ。

　だけど、俺はクラスメイトとしてのこいつしか知らない。

「(S姫が俺の店に……気になることは山積みだけど、そりゃこの際あとでいい。とにかく大事なのは、メゾンを閉めるって話とこいつが一体なんの関係があるかってことだ)」

すると、親父たちとの会話の最中、俺の強ばった目線に気づいたのか、白姫は話の途中で、俺と目を合わせ、口の端を少し上げて俺を覗き込んだ。

「……ふん？」

ズバッキューンッッッ!!　と、俺の視線は白姫のつぶらな瞳に打ち負かされる。やっぱモデルだな……ってバカ、愛想に決まってんじゃん。相手のペースに飲まれんな。

仕切り直しに一度口元をナプキンで拭う。

呑気にメイン料理に舌鼓を打つ親陣に、俺は苦しい襟元を整えて踏み込んだ。

「……今日のメインは飯じゃねえんじゃねーの。結局話ってなんなんだよ」

ポワレに手をつけ始める前に、手に持っていたナイフとフォークを置く白姫リラ。

「透衣くん、やっぱりまだ聞いてなかったんだね」

ナチュラルに下の名前……てかこの感じだとこいつは、今日の話を知ってて今まで俺に知らん顔してたっつーことか。ならあのピアスの一件はどういうつもりだったんだろ。

イケおじ、っていうか白姫の父親であると判明した男は汗を垂らす。

「君波、いい加減透衣くんに説明しないと」

それに首肯した親父は、「はいはい……」と、食事の手を止めた。

「あー、ずっと黙ってたけど、このリラちゃんは、お前の将来のお嫁さんだ」

「…………………は？」

今なんて……？　オヨメサン？

「ほら、要するに許嫁ってやつ？　ひゅーひゅー！　ドラマみたいな展開じゃん！」

開き直る親父。相手の父親は「まったく、適当な説明だなあ」と笑い、本題の怪奇さには触れない。S姫も満更でもない照れ笑いを作る。納得できてないのは俺だけだった。

「けっ……こん……ってことかよ？　俺が？　白姫と？　は？　頭おかしいのか？」

驚いた顔のまま、いちごの方を一瞥すると、同じような歪んだ顔が俺の方を見る。よかった、同じ感性だ……。

「君波、投げやりがすぎるよ。こんなに大事な話を」

ひょうひょうと開き直る親父を、白姫父が見兼ねて細かい説明を始めた。

「透衣くん、心配しなくてもみんな正気だよ。実は今日したかったのは、ある『取り引き』の提案なんだ」

「取り引き……？」

「そう。まずこちらの要望だ。単刀直入に言うと、僕たちはこの店、『メゾン』が欲しい」

「メゾンを……？　な、なんで……」

「何故か、ね……僕は今、会社を持っていてね」

話を始めるまでに多少の間があった。そういえば、白姫は社長令嬢とかって噂もあったっけ。本当だったのか。

白姫父は微笑み、話を続ける。その心の奥でどんな顔をしているかは見えないが。

「だけど僕の理想の暮らしは、仕事で成功することじゃない。もっと安らかで、何気ない幸せが欲しいのさ」

「パパ……」

白姫は、自分の父親に同情の色をした瞳を向ける。

「社長の座だってそのうち退くことになる。それで会社から解放された後は、ここを改装してひっそり喫茶店の経営でもやろうかと思って、君波に頼んだんだ。僕にメゾンを売ってくれないかってね」

「メゾンを売る!?　喫茶店!?　おい聞いてねえぞ！　なに勝手なことッ……！　それで年内で閉めるってことか……そんなの嫌に決まってんだろ！　大体そのおっさんの余生と結婚は関係ねえだろ！」

話に食ってかかろうとすると、親父はため息混じりに話の続きを引き取った。

「どの道この店はずっと赤字が続いてて、今のままやってくには無理があったんだ。んま、買ってくれるってんなら、白姫にとっても縁のある店だし、ちょうどいいかと思ってな。他のやつに買われるよりは、メゾンも報われるだろ」

「縁……？　なんの――」

「君波」

白姫父が親父を少し強い口調で呼ぶ。その顔を見ると、やはりさっきまでの笑顔は話をするために作られた顔だったのだとわかる。横でS姫は目を逸らしていた。

親父はそれになにかを察して頷く。

「……まあ、この話はいい。だが俺も、簡単に店をやるつもりはなかった。高く売るだけなら白姫にじゃなくてもよかったんだ。そしたら白姫がちょうどいい条件を出してきた」

親父は血が上る俺の肩に、あまりに軽い手を乗せた。

「透衣に白姫の会社をくれるってな」

「はぁ!?　メゾンじゃなくて、おっさんの会社を継げってことかよ!?」

「ちょうどうちの会社は、後継に悩んでいたところなんだ。今まで家系で継いできた会社なんだが、僕には息子がいないものでね。でも、透衣くんがリラと高校卒業後に結婚すれば、透衣くんはうちの事業を親族として、簡単に継承できるって話さ。君波は嫁やら許嫁やらと言っていたが、正確には透衣くんに婿に来てもらう話だよ」

「……いやいや。むちゃくちゃ言うなよ」

「透衣は成績が悪いからな。正直もうまともに大学を出て就職って線が薄くなってたところなんだ。この話なら、学力なんて素通りで就職できる」

「まあ、勉強は出来るに越したことはないんだけどね……」

親父の言うことに白姫父は苦笑いする。話が理屈を装備して現実味を纏(まと)う。

「これ以上ない話だろ～？　お前は企業の次期社長。こんなに可愛(かわい)いモデルの奥さんまで貰(もら)って、俺も一安心。マーベラスだ！」

「なにもいきなり社長だなんて言わないよ。まずは正社員から地道に頑張ってくれればいい。当然、僕も全力でサポートするしね」

「そうは言ったって……俺は――」

親父二人の追い込みに息が詰まる。

「お前も生涯独り身ってわけでもないだろ。それに、いずれ今回みたいに、今度は自分の後を継がせる子どもも必要になる、ちょうどいい機会じゃないか」

「こ、子どもって……そんなの良(い)いわけねえだろ！　それに白姫だって自分の好きになった人と結婚したいに決まってる！　……な！　白姫！」

俺に目を向けた白姫は、濡(ぬ)れ羽色(ばいろ)の睫毛(まつげ)が伸びる瞳を瞬(またた)かせ、少し頬(ほお)を染めた。

「その……透衣くん、あたしは結婚するつもり……だよ？」

嘘(うそ)だろ？　なんでこいつ政略結婚にこんな色っぽい顔できるんだよ……。っていうか、あのドレス谷間が結構大胆に空いてて……細いって思ってたのに意外と……っておいおい！　俺の本能が子ども作ろうとしてるッ！

「そ、そんな……結婚するつもりって……」

一旦冷静に考えろ俺。Ｓ姫と結婚しちまったらどうなるんだ。

『あなた、おかえり！　お仕事疲れたでしょう？　ほら、鞄！』

『ああ、ただいまリラ』

『ご飯にする？　お風呂にする？　それとも――いやん。ちょっとあなた……』

『ハハハ、そんなのお前にするに決まっているじゃないか』

『もう、あなたったら、エッチなんだから。…………あんっ』

ダメだ、冷静に本能が子ども作ろうとしてる。

水を含むと、興奮してカッと熱くなった身体が冷えた。

違う、変なこと考えてる場合じゃねえ。

「だ、大体真淵さんはどうなるんだよ！　お前らの勝手で仕事を奪うのかよ！」

「お前が心配するような話じゃない。真淵も元は俺が経営してる高級店のスタッフだったんだ。そこに復帰させる」

「そんなぁ……」

とうとう異論を唱えられなくなった俺を見切って、親陣は、勝手に話を締め始める。

「まとめると、メゾンを引き渡す代わりに透衣は白姫の会社を貰う。透衣がリラちゃんと結婚すれば、それが全部上手くいくわけだ。どうだ透衣、この店一つで一石二鳥だ」

「透衣くん、どうか前向きに、娘のことをフィアンセとして考えてくれないかな」

白姫家の今後とか、メゾンの経営難とか、色々な要素が折り重なりまとまったこの話に、一つ、無視してはならない大事な要素が抜けていた。

「っざけんな……なにが一石二鳥だ……なにが前向きだ……冗談じゃねえ……」

たとえ俺を誘惑する禁断の果実がそこに生ろうとも、俺はそれを絶対に口にしない確固たる自分がある。

「言ってんだろ！　俺はこの店を継ぐんだ！」

真っ直ぐ男を見据えて、机を叩き、揺るぎない意志を表情に乗せて訴える。

「社長とか結婚とか、んなの知らねえよ！　これは俺の人生だ！　俺がこれからどうなるかなんて、お前らに決められてたまるか！　結婚なんかしてやらねえし、店もやらねえ！」

白姫父は激昂する俺と対照的に、冷静にコクコクと二回首を折った。だがさすがの白姫父も、それでもいいから結婚してやってくれ、とは言わない。

親父は如実に焦りを見せる。

「し、白姫、少し透衣に時間をくれ。透衣、お前な、往生際が悪いぞ！」

「ずっと断ってんのに諦めわりいのはどっちだよ！　なにが取り引きだ！　どこに俺の得する部分があんだよ！　ぜんっっっぶお前らの勝手な都合じゃねえか！」

「あのな透衣！　大体ここはお前の店じゃない！」

「うるせえ！　俺はメゾンを守るってあの人と約束してッ……！」

俺が言いかけると、白姫サイド二人が俺の方を向いた。なにか続きに耳を傾けるような

さっきまでと色の違う目が俺を見る。

危うく私情を安く語るところだった。メダイユのピアスに触れ、自分を抑える。

「……とにかく、結婚とかマジ無理だから」

「透衣くんの気持ちはよくわかったよ。だからほら、二人とも一旦落ち着こう」

白姫父が俺達親子を宥めに入る。白姫リラもバツが悪そうな顔をしている。

「……どうしよっか、パパ」

「こればかりはね、透衣くんに強いることはできないよ」

「困った息子でごめんな……」

「はは、いつかの誰かに似てるけどな」

白姫父に苦笑いされながら言われた親父は、むず痒そうにそっぽを向いた。

「……席外す」

親父が水を口にしたのを横目に、俺は頭を冷やしに店の外に出た。

◇

うちの店のある繁華街を少し北に歩くと山がある。その山間のむき出しになった場所に『ヴィーナスの高台』という街を上から展望できる小さな公園があり、昔から俺は、なにか悩むとそこへ景色を見に行くのだ。

店から逃げ出し高台へ登った俺は、かれこれ小一時間、街の景色を眺めている。

この街の南には大きな港がある。貿易が盛んな街で、日本と外国の交流の痕跡が至る所に顕著に刻まれていて、あらゆる国の文化を取り込んだ個性豊かな建造物が混在している。聳え立ついくつもの摩天楼が、もうすっかり暗くなった街を照らし、そんな煌びやかな地の上で星空がよく映えている。

夜の景色を眺めながらさっきの話を振り返る。

親父はもちろん、白姫家側も苦虫を噛み潰したような顔をしていた。あの場を台無しにしたのは他でもない、俺だ。だけど俺の主張は、本当に間違っているのか。

きっと他の奴はもっと自分の好きに道を選んでいるはずなのに、なんで俺の人生は既に敷かれたレールの上を走るだけで、逸れると他人に叱られるのだろうか。

「……やっぱり、俺一人で戦っていくしかねえんだ」

そう、覚悟を飲み込んだその時。

「透衣くん……！」

「……えっ」

声の方に立っていたのは、さっき俺が店で睨みつけてきたはずの白姫リラだった。

またこいつ、追いかけてきて……。

「お前……なんでここがわかったんだよ……」

「……透衣くんのお父さんに聞いたの。きっとここだって」

焦った顔で、肩で息をする白姫。しきりに前髪を気にする仕草を取って、身だしなみの乱れを整えているようだが、それも当たり前だろう。

ここまで徒歩でとなると、麓にある神社の階段から始まり、その神社の敷地の奥の小道からつづら折りになった坂を登ったあと、途中空中に架かる遊歩道を渡る、というハードな道のりになる。それを、

「ヒールで登ってきたのかよ……」

「脱ぐわけにもいかなくて……大丈夫、仕事でよく履くし、慣れてるから」

白姫はまた笑った。さすがに苦し紛れの張り付いた笑みだが、さすがモデルというか、整った顔は疲弊していても健在。むしろその隙が色香を増幅させている。

それに、あの校門での出来事から今までかなり不躾だった俺にも、ここまで相好を崩せるとは、愛想なのはわかっているにせよ、その愛想の徹底ぶりには目を見張る。だがその好意的な態度が腑に落ちないのも、また確かだ。

「……また学級委員だから追いかけてきたってのか？」

「違うよ。あの時も今もそう。透衣くんはあたしにとって、他人じゃないの。だから放っておけなかった」

そう言って、俺の方へと歩いてくる白姫。

「綺麗だよね、ここの景色」

そうして俺の隣まで来て、白姫は夜景の感想の共感を求めてきた。

「だよねって、来たことあんのか？」

「昔ママに何度か連れてきて貰ったことがあるの。最後に来たのは小学生の頃だけどね」

「へー、フランス人の母ちゃんか？」

「……うん、そうだよ。透衣くんがここを知らなければ、きっとあたしももう二度と来ることはなかっただろうけどね」

「――へえ？」

煌々とした夜景に照らされ、すぐ横にある白姫の顔がようやくはっきり見えた。

こうして見ると、本当に綺麗なヤツだ。背はヒールを履くと、突出して背の高くない俺とちょうど同じぐらい。セクシーなドレスはタイトで、彼女のスレンダーな身体のラインがハッキリわかる。

いつも学校で見ている白姫は完璧で、優等生で、高嶺の花で、俺みたいな不良で問題児の男が触れられるような相手じゃない。

だけどそんなこいつが、俺と本気で結婚するつもりらしい。なぜこんな無茶苦茶な話を受け入れられたのか、純粋な疑問が頭をもたげる。

はらはらと風に揺れる短くなった髪。どことなく儚げなその横顔に見入ってしまう。

「……透衣くん、この展望台がなんで『ヴィーナスの高台』っていうのか知ってる？」

白姫の問いかけに頭の巡りが止まった。俺は知らないと首を横に振る。

「ここで昔、フランスの天文学者が金星の観測をしたんだって。金星は英語で『ヴィーナス』って言うでしょ？　だからなんだよ」

「へぇ、そうだったのか。詳しいな」

「ママが小さい頃に教えてくれたんだ。そこにある鉄格子にカップルが錠を吊るすと、恋愛が上手くいくっていうのは？」

「……まあ、有名だよな」

ドーム状になった鉄格子に紐が伝っていて、その紐には無数の南京錠が引っ掛けられている。白姫の説明の通りの逸話が存在し、巷ではこれを『愛の鍵』というらしい。

「ヴィーナスは恋愛の神様なの。だからみんなここに愛を誓いに来る。ここで錠に鍵を掛けた二人は永遠に結ばれるの。ロマンチックだよね」

少し面倒な風が吹いた。俺が黙って景色を見つめると、白姫は案の定話を戻す。

「透衣くん……あのね、あたしは透衣くんとならいいかなって、思ったよ」

「な、なんで……」

「だって透衣くん、かっこいいし！」

「んなこと……」

「それに今も話してみていい人だと思ったし？」

「嘘つけ……」

「父親に負けずに自分を確かに持ってるところとか、ね？」

「いやいやいや、はぁ……？」

押し切るつもりなのか、白姫は一歩前に出て俺に縋る言葉を紡いだ。

「あたしね、本当に透衣くんと結婚するつもりなの。もちろん、透衣くんの負担になるようなことは絶対しないし、結婚したら、透衣くんのために生きる。透衣くんの望むことならあたしなんだってするよ？　だから――」

こいつ、まだ言ってるよ。呆れてむしろ笑えた。

「だから、お前も親父達のためになんだってしろ、ってか？」

「えっ」

白姫は俺の言い放った一言に、笑顔のまま眉を顰めた。

どうしてこいつは、つい最近まで他人だった男といきなり結婚だなんておかしな運びを意図も容易く飲み込み、ヒールで山を登って説得なんてことができるのだろうか。

「やっぱお前、俺の口に合わねえ。お前が結婚したいって気持ちはどこにあんだよ。なんでそんな易々(やすやす)と自分以外の人間の都合に自分の人生渡しちまえるんだよ。俺は絶対に親父(おやじ)の言う通りにはしねえ。俺らには俺らにしかねえこれからの道があって、それは誰かに書き換えられていい筋書きじゃねえ。お前も今すぐ俺と結婚なんて辞めていい男探せよ。モデルやってりゃ出会いもあんだろ」

ちらりと白姫(しらひめ)の表情を確認する。

――えっ。

手摺(てすり)を握る手がこれでもかと力強く拳を作っている。俯(うつむ)いて歯を食いしばり、陰る目元は眉間に皺(しわ)を寄せて薄く閉じている。

こんな白姫、見たことない。

「――なんなわけ……」

とても誰しもの憧れのS姫から放たれるものではない、心胆を寒からしめるオーラのようなものに、俺は一歩後ずさる。

白姫のことが、どことなく違う人みたいに見えた。

「あたしだって結婚なんてしたくないからッッッ!!!!!!」

——ていうか、全然違う。

山の下の街にまで届きそうなほどの唐突な大声に、思わず俺も気圧される。そんな自分の情けなさを悔いる暇もなく、何発もの弾丸のような言葉があの優等生から羅列される。

「ここまでしてやってまだそんなワガママ言うの!?　おかげでメインディッシュ一口も食べられなかったんですけど!?　それにこんな高いヒールにドレスで山まで登らされて、変なキモい虫いっぱいいたし！」

「し、知らねえよ……」

「あたしだって結婚なんて、しないで済むならそれがいいに決まってんじゃん！　それもイケメンとかいい人ならまだしも、ピアス開けてイキってるだけのこのガキンチョと？　ふざけんなッ！　それに今時反抗期？　ダサいったらない！　人前で親子喧嘩始めるなんてドン引きなんだけど！　その上でここまで言ってやってんのに、なんであたしの方が振られなきゃなんないの？　ホントありえない。どんだけワガママなのッ！」

「あのなぁ……」

「あのねぇ！」

「まだあんの……」

そろそろ言い返そうとすると、その間もなくむしろ逆に詰め寄られる。

「この際だからはっきり言わせてもらう！　あたしはキミみたいなワガママな人間が大っ

っっ嫌い！　ホントなら結婚だなんてごめんなの！　だけどそれでもしょうがないの！　あたしにはこれしかない！　これがあたしにできる最大限なの！　それでみんな上手くいくの！　キミもいい加減諦めて、あたしをもらってよ！」

言い終えた白姫の宝石のような瞳から光は消えていた。それだけじゃない。あの胸焼けするほど甘い言葉もすべてが虚言で、眩しい笑顔もすべてが仮面だったのだ。で、なかなか引き下がらない俺にまさに言葉の通り愛想を尽かしたってことだ。

「てめえ……蓋開けてみりゃ、クソ女だな」

俺が言うと、白姫は一瞬戸惑いを見せる。

「問題児に言われたくないし……」

誰かに迎合して生きる白姫と、俺のために生きる俺。やはり、俺と白姫の思想は丸っきり対極にある。根っからなにもかも違う、俺とは相容れぬ女なのだ。

「よく分かった。ようするにお前は親父側、俺の敵ってわけだ。あーあ、ここまで言ってくれたら清々しいぜ！　大体、そんな態度で『はい結婚します』なんて言うバカがどこにいんだ？　モテないことを僻まれても困ります～」

「なに嫉妬!?　モデルやってるくらいで調子乗ってんじゃねえぞこの腹黒女！」

「っは！　自分で言ってりゃ世話ねえな！」

「ちょいちょい目合って頬っぺ赤くしてたくせに！」

「なっ……そ、それでも結局お前は俺に振られたんだよ！」

「「はぁ、はぁ……」」

言い合いに二人して息が上がった。根本的に方向性が真逆なのだ。ならこれ以上言い合ったって埒が明かない。

「とにかく結婚はナシだ！　ほら行こうぜ。お前の親父さんには適当に言えばいい」

麓に下りる階段の方に踵を返すと、白姫は諦め悪く俺を呼び止める。

「ま、待ってよ！」

白姫はその瞳を一層曇らせて、少し抑えた声でこう言う。

「何度も言うけど、キミの個人的な都合だけで結婚をなしになんてしたくない。これは……あたしだけの問題じゃない……」

「あのな？　お前は犬か？　んな親の言うことバカ正直に聞く必要ねんだって」

「そんなワガママ……言いたくない……」

「……はぁ？」

白姫はただ切なそうな顔をした。そういえば、いつも笑顔を振りく白姫が、今に限っては笑みを捨て、悲しんだり怯えたり怒ったりしている。この人間として当たり前の表情を、白姫から見るのは希少に思えた。

「お願い……どうしたら言うこと聞いてくれるの？」

どこまでもしつこい白姫。嫌いだと明言したくせに、まだそんな相手と結婚するつもりだなんて、やはりこの女どうかしてる。

いや待てよ……俺の事が嫌いなら話が早い。

白姫が誰かのために行動するって言ったって、きっと出来ることには限度がある。だったら、白姫が尽くしきれないところにまで、俺の欲求が至ってしまえばいい。

「そうだなぁ、ヴィーナスがうんたらかんたらって、お前言ってたっけ？」

「ヴィーナスに愛を誓う話？」

「それそれ、大っ嫌いな俺と愛を誓うつもりなんだろ？」

「まあ……」

「だったらキスでもしてみろよ。今、ここで」

むっ、と白姫の顔が上がる。

「……キス？」

「そう、キス。ここでキスでもして、そのヴィーナスに、ピアス開けてるだけのイキりのガキンチョへの愛を誓ってみろよ。できたらなんでも言うこと聞いてやるよ」

白姫は固まって、すんとした真顔で俺を見た。なんだよ、その目……。

「ほ、ほら嫌なんだろ？　まさかしねえで結婚できるとでも思ってたのか？　でも結婚ってそういうことだからな～、できねえならこの話は――え!?　ちょ――」

チュッ――♡

唇に伝う柔らかな感触に、硬直を禁じ得なかった。

本当にキスされた。それもマウストゥマウスの。

一七〇センチもない俺とヒールを履いた白姫じゃ、向こうが背伸びするまでもなく、同じ高さに目を瞑った白姫の顔がある。俺の頬に両手の五指が添えられ、細い指先が俺の耳を挟み、頭を押さえられる。

そのまま冷めた目が、ゼロ距離で開き、

チュルッッッ♡

「ンッ……!?」

呆然と受け入れて口が離れるのを待っていると、今度は瑞々しい異物が口の中に侵入し、俺の舌と絡む。

こいつ……舌入れて……。

冷たいとも熱いとも言えない人の温もり、バニラの甘い香水かなにかの香り、口直しのシャーベットの、ほんのり甘酸っぱくてほろ苦い味。感覚が目まぐるしく駆け巡る。

リップ音とともに滑らかな白姫の舌が俺の口内をコロコロと転がる。それが何故だかぎ

こちなくも感じた。

「「ぷぁっ……」」

ようやく顔が離れた。白姫（しらひめ）は舌舐（したなめず）りをして心做（な）しか頬（ほお）を紅色に染め、それでも少し勝ち誇ったような顔をしている。

「はぇ……？」

「ビストロのギャルソンにはフレンチキスの方がお口に合ったかな？」

情けなくも完全に放心状態の俺。

ホントにキス、された？　マジで？　なんでこんな簡単にキスできるわけ……？　キスってハードル低い？　意外とみんなもう済ませてんの？　確かに欧米じゃ挨拶っていうし、こいつはハーフなわけで……それにしたって濃厚すぎるよな……？

——ていうか俺、あの白姫リラとキスした？

なんて考えている間に、俺の出した条件を達成した白姫はにやりと口角を上げる。

「それはそうと、言うこと聞くんだよね？　学校一の問題児くん？」

「ちょ……いや、そんなつもりじゃ……」

「ここまでさせたんだもん」

白姫は短い髪を揺らして、学校での彼女からは見当もつかないほど悪魔的な悪い笑みを浮かべ、自分の人差し指で自らの唇を指した。

「言うこと聞かなきゃ、この唇を証拠に、脅されてキスせがまれたって事務所やパパに言いつけるから」

ときめきの欠けらも無い意図に、俺は一気に奈落へと突き落とされた。

「そうすれば、キミはセクハラで檻の中、あたしもキミと結婚しないで済む」

白姫はうんうんと、可愛く二回首を縦に振る。

「万々歳だね！」

どこが？

「い、いやおかしくね？　大体結婚しろーってうるさかったのお前じゃん？　むしろ俺が警察にでも行って――」

すると白姫は、やたらとアンニュイな表情で甘いため息をつき、明かりの灯る夜景に目をやった。

「このあたしとキミみたいな問題児と、どっちの言うことを人は信じるんだろう」

ほーん……？

「……ごめん」

「そだよね～、どうするべきなのかな～」

くるっと今度は手摺に背中を預け、俺の返答を余裕の表情で待つ白姫。ただでさえおもしれぇ性格してんのに、弱みまで握ってくんのかよ。どこまで本性黒いんだよ。

だが背に腹は代えられない。とにかく俺の尊厳を守るため、今はこいつに従うしかない。

「どうするべきなんだよ……」

「そんなの決まってんじゃん。婚約でしょ？　お店はもちろん諦めてもらって、毎日学校には来ること、あと社長になってくれないと困るし、それからー、うーん」

ひらひらと誓約内容を挙げた白姫は、迷いから吹っ切れたように、ビシッと俺の顔面に華奢で細い人差し指の先端を向けた。

「とにかく、黙ってあたしの言うことを全部聞く以外にキミに道はない。いいよね？」

「なっ……言うことを聞く？　なにもそんな下僕みてえなこと……」

「なに言ってんの？」

「ぐええ……おい、首締まって……」

白姫は俺のネクタイを、まるで犬に使うリードのように持ち、空いているもう片方の手で俺の顎を上向かせる。

「婚約をするのはもちろんのこと、キミは今日からあたしの言うことをなんでも聞く下僕だって、そう言ってるの。どうせならその邪魔なプライドもバキバキにへし折って、どうしようもない問題児のキミを更生させてあげる。わかった？」

ぐっと顔を近づけ、その端整な顔でおぞましい微笑みを作る白姫。

こいつ、マジで言ってんのか……？

「そんな……更生だ？　冗談きついぜ……って、ぐえええ！」

このロマンチックなロケーションに似合わない白姫のサディスティックなオーラ。鉄格子にかかる恋を結ぶとか言った無数の錠さえも、俺の未来の扉を閉ざすためのものだったかのような、そんな気がしてくる。

「もう一回だけ聞いたげる。あたしとここで愛を誓いますか？」

「誓わ……おぇぇぇぇッ！　誓います！　誓いますぅぅ！」

「よろしい」

白姫の蠱惑的な笑みが仄暗い闇夜に浮かぶ。

「今日から、透衣くんはあたしだけのモノだから♡」

こうして俺、君波透衣は、この髪の短い真っ黒なヴィーナスに愛を誓わされたのだった。

S姫と呼ばれるこの女との出会いが、この関係が、やがて俺の人生をまったくの別物に変えるのだが、俺はまだ、知る由もない。

Chapter 3. 人生は甘くない

Cet amour vous convient-il ?

　今から約十年前のこと。

『カミーユさん……もう、会えないの……？』

『ううん、きっと会えるわよ。いつか私はまたこの店に戻ってくる。だから透衣くん』

　金色の髪をしたある女性シェフ、カミーユは、まだ幼い小さな透衣を温かく抱きしめ、透衣の涙を拭うと、左耳につけていたピアスを外した。

『はいこれ、透衣くんが持ってて』

『ピアス……？』

　透衣の手のひらにころり、とピアスを託し、カミーユは右耳に付けているもう片方を、透衣に見せた。

『そう、見てごらん？　おばさんも持ってるから、お揃いでしょ？』

　カミーユのくれたそのピアスには、藍色をした宝石のような、はたまたメダルのような何かが付いていた。それを、カミーユは指差す。

『これはね、メダイユって言うのよ』

『メダイユ……』

『そう、これを持っていれば、神様に護ってもらえて、幸せになれるの。だからその幸せのパワーを透衣くんにも分けてあげる。透衣くんと私は、離れていてもこのメダイユで繋(つな)がってる。ね？』

『僕……これ大切に持ってる！』

『うん、絶対だよ。じゃあ、元気でね、透衣くん。また会えるその時まで、このお店を──私のメゾンを守っていてね』

カミーユはそう言うと、透衣に小指を突き出した。

『約束よ？』

『……うん！』

あの日メゾンで指を絡めて以来、透衣は未(いま)だカミーユと再会を果たせていなかった。

──

事件の翌日、設定した目覚ましが一室に鳴り響き、登校するまでまだ時間がある朝未(あさまだ)きにベッドから身体(からだ)を起こした。

起きてシャワーを浴びるのは日課だ。寝癖を一発で黙らせるにはこれがいい。

風呂場から出て支度を済ませ、俺が真(ま)っ直(す)ぐに向かうのは店の厨房(ちゅうぼう)。

冷蔵庫から必要な野菜や、あとで調理するつもりの練習用の肉を取り出し、テキパキと、

『仕込み』の作業を熟す。

毎日熟している作業。任せてもらえる工程も順調に増え、シェフを目指す俺としてはこんなこと朝飯前。

だってのに……調理中、昨日の出来事が頭にチラついてしまう。

俺は、昨日のあの後どうなったのかを鮮明に思い出してしまった。


――


昨日に遡る。ヴィーナスの高台にて契約を交わし、というかほぼ一方的に交わさせられ、S姫こと白姫リラの下僕となった俺は、帰り道を下っていた。

……S姫を担いで。

「ねえ大丈夫？　重くない？」

「あぁ？　そりゃもう超おも……ぐえぇ……ぐびじまっで……」

おんぶしてやってる姫が背中の上で俺にヘッドロックを喰らわす。ご乱心です。

「重く……ないでしゅ……ぐるじ……」

許しを得て解放された俺は、ぜぇはぁ……と、体内で絶えかけた酸素を取り込む。S姫っていうかドS姫じゃん……。

もちろんおんぶも、俺の背中の上で頬を膨らませているご主人様の命令だ。ヒールで坂は大変だから乗せろと言われるがまま、背負う羽目になった。

「ねえ？　ところで、透衣くんはなんでメゾンを継ぎたいんだっけ」

唐突な質問を後ろから渡される。顔を覗き込まれると、頬に触れる彼女の短い髪が擽ったい。どうせ拒否権ねえし、少しぐらいいいか……。

俺は昔の思い出を胸の中でなぞる。

「……親、昔から共働きでさ。家に親のいねえ時、母親代わりになってくれた当時のメゾンのシェフの女の人がいて、その人に思い入れがあんの。でもその人、ある時メゾンを辞めることになってさ」

「……うん」

「今からちょうど十年くらい前か。辞めた理由は今でも知らねえけど、辞める時に言われたんだよ。『いつか必ず帰ってくるから、その時まで店を守り抜いてくれ』って。俺も『守る』って約束した。だから俺は、その人がいつかメゾンに帰ってくる時のために、メゾンを守ってないといけねんだよ。このピアスはそん時に貰ったもんなんだ」

「……へえ」

「メゾンってさ、親父がつけた名前なんだ。母親がフランス人のお前にひけらかす知識でもねえけど、メゾンはフランス語で『家』って意味。だからメゾンは、あの時と変わらない、あの人が帰ってこれる場所じゃないとダメなんだよ。俺はずっとメゾンで、あの人が帰ってくるのを待ちたい」

白姫の反応がなくなった。語りすぎた自分を少しだけ恥じながら、背中の様子を窺う。

「白姫……？」

白姫は、顔を俺の背中に埋めて隠しながら呟いた。

「……あたしも、そんな真っ直ぐに生きられたらいいのにな」

「は？　だったら――」

「嫌味だし。あ、着いた」

自分の発言を掻き消すように、白姫は性格悪そうに話を遮って、命令口調に戻る。

「それよりいい？　中に入ったらまずオーナーに言うこと、わかってるよね？」

「はぁ……なに？」

ごにょごにょと白姫が俺に耳打ちし、俺はその内容に絶句する。

「え、えー……」

「もし言わなかったら、どうなるか――」

「あーもう！　わぁってるっての……つか降りろよ、着いたんだから……」

「ダメ。このまま入るんだよ！　ほーら！」

「ちょ、このまま？　なんで……いてっ！　おい暴れんな！」

　ぷらぷら自由な足に蹴られた。馬に乗って発進する時のあれみたいで屈辱的だ。

　二の足を踏むことさえ許されず、メゾンの中に入る。

　ドアベルの音で、中にいた俺達（たち）の親二人、いちご、真淵（まぶち）さんの四人は、俺達の戻りに気づく。そして、俺が白姫をおぶっているという構図に言葉を失っていた。

「これは……その……」

「あたしがヒールだったのに気づいて、透衣（とうい）くんが率先してあたしのことを背負ってくれたんです！　すっごく優しいんだね！　透衣くんって！」

「ちょ、おい……」

　後ろからぎゅうっとハグされる。さっきの会食中に嫌な態度を取っていた俺のことをうまくフォローしてくれているのだということは、いつも一人の俺でもなんとなくわかった。ただ、普段の白姫のこの態度が、高台でのあの本性を隠しながらのものだという事実に俺はドン引き。

「あの透衣が他人のために……⁉」

「なんだよ……」

　いちごが仰々しく大口を開けて驚く。

「それに透衣くん！　みんなに言うことがあるんだよね！」

「あ、うん……えっとあの……」

白姫(しらひめ)のお膳立てに俺は歯を食いしばり、不良になって初めて自分の気持ちを欺いた。

「さ、さっきは拗(す)ねてごめんな！　俺、やっぱりこいつと結婚することにしたぜ☆」

いちごが衝撃で皿を割った。

そんな意外かよ……俺が人の言うこと聞くのがさ……。


――


今更どうしようもない過去のことを思い出してしまったせいで、仕込みがぎりぎりになってしまった。

あのあとは、夜遅かった時間も味方してなんとか誤魔化(ごまか)しきれたけど、問題は山積みのままだ。そして一夜明け、今は学校。いつもみたくサボりたかったのだが……サボったらどうなるかわかんねえし。

「見て～！　コレ！　買っちゃった～」

「お、ｍｉｍｉじゃん！　今月リラちゃん載ってるんでしょ？」

なにやら雑誌の話で盛り上がっているのは、俺の座席の少し遠くで固まっている女子二人組だ。聞き覚えのある名前に、嫌でも聞き耳を立ててしまう。

「コーデの参考にもなるしー、なにより可愛(かわい)いんだよねぇ、我らがリラちゃん」

「やあ、おはよ、みんなしてなに見てるんだ？」

「あ、風間くん、おはよう」

ここで風間が、男子の取り巻きを引き連れて女子の前に現れる。でたな出しゃばり。

「お！　その雑誌Ｓ姫載ってんじゃん！　見せろよ！」

「え？　あ、ちょっと！　も～……」

男子の図々しさに、端で見ている俺も顔を顰める。男共は奪った雑誌に群がった。

「髪きる前だ！　やっぱ俺こっちの方がいいなぁ。おぉ、このニットなかなかエロい……」

「まあ、俺達には到底手の届かない高嶺の花なんだけどよ……」

「男子で白姫さんと特別仲良いのって、風間くらいか？」

「俺？　まあ、リラとは去年クラスが一緒になって、それ以来だね。いい子だよ」

取り巻きにワッショイされた風間は、気持ちよさそうに前髪をパサっと払う。

「いいなぁ……俺もＳ姫ともっと仲良くなりたいぜ……」

などと、女共が憧れ、男達が鼻息を荒くしている対象はあのドＳ姫。

学校じゃ優等生のＳ姫がまさか、あんな奴だったなんてな……。

下僕がどうとか、あんなに物騒に喋る奴が普段学校や雑誌ではそれを露ほども感じさせず、あはは うふふと上品に笑っているのだから、もはや道化に近いものを感じる。

俺が身震いして窓の外に目を逸らそうとした時、教室の扉が開いて入ってきたのは、

「お、噂をすれば！　おはようリラちゃん！」

「うん、おはよっ！」

　みんなのアイドル白姫リラだ。今日も人好きのする笑顔を振りまいている。友達に囲まれ、男達の視線を掻っ攫う。やはり、表の顔でのご登場だ。

　風間がクラスにできていた輪の中に、白姫が入る余地を空ける。

「おはよ、リラ。今ちょうど、リラが載ってる雑誌の話してたとこなんだよ」

「えー！　ｍｉｍｉ？　恥ずかしっ、見ないでー……」

「恥ずかしがることないよ、相変わらず綺麗だなって」

「やめてって～！　そんなことないからぁ……」

「はは、リラ、もしかして照れてんの？」

「照れてないしー！」

「こら二人ー？　いちゃいちゃするなぁ」

「「してないって！」」

　ハハ、なんて、青春真っ只中の黄色い笑い声の蚊帳の外で、俺の頭も自然とそっちを向いてしまう。白姫は風間やみんなの褒め言葉に対し、謙遜しながら手で顔を扇いでいた。

なんだよあいつ、クラスでは一丁前に可愛い顔しやがって、気持ちわり……俺の時はむちゃくちゃ言ってたくせによ。それに、——キスとか、平気でするくせに。

……って、変なこと思い出してる場合じゃねえ。早く全部解消しねえと結婚で、社長で、それにメゾンが危ねえ。相手があそこまでしてメゾンに拘る理由や、メゾンとの縁とやらや、明かされていない謎も色々あるが、俺にとって敵だということに変わりはない。

耳のピアスの存在を確かめる。

……渡さねえ、絶対に。

期限は、親父が店を閉めるつもりである年内いっぱいだ。それまでになんとしてもこの状況をどうにかする。

と、悩める頭を抱えていると。

ピタリ、パチパチ。

会話の最中である白姫のくりりとした大きな目が俺のいる方に向く。そして白姫は鞄を持ったまま他の席を掻き分けるように……あれ、あいつ俺の方に向かってきて——。

思わず滂沱たる汗。危険予知通りだった。

白姫は俺の机に両手をついて、俺に向かって無邪気に笑って見せた。

「おはよ！　透衣くん！」

「んなっ……お前……なに喋りかけてきて……学校だぞ……？」

「ふん？　ダメなの？」

「ダメっていうか……は？　え、なに？」

「あのね、透衣くん！　昨日の夜のことで、二人で話したいことがあるの！」

「…………は？」

「「「「えええええ〰〰ッッッ!!!!!!」」」」

鼓膜が張り裂けそうな程の、愕然の声の共鳴だった。それから逃げるように「行こ！」と白姫は俺の手を引いて無理やり席から立たせる。

「昨日の夜だと……！」

「嘘だろ……S姫があの君波と……？」

俺達を怪しむ目から逃走を図るため、ひとまず白姫に引っ張られたまま廊下に出ると、俺達の学年の階は一瞬でてんやわんやになった。

「な、なに!?　なにが起こったの！」

「ほらあの二人！　なんか関係ありげみたいだよ！」

「S姫と君波透衣!?　うっそー！　よりにもよってあの二人!?」

瞬く間に噂が伝染する廊下を、さながらロマンス映画のワンシーンのように駆け抜けながら、俺は白姫に声を掛ける。

「どこ行くつもりだよ！」

「いいから！　とりあえず走って！」

白姫が俺の手を引っ張って入っていったのは、用務員や稀に教師くらいしか出入りしない旧校舎だった。ずいぶん昔は本校舎だったが、いつからか現在の本校舎にその座を奪われ、今は物置として撤去されずに残されている、二階建ての離れのような棟。

二階の奥に多目的Eと書かれた表札が見え、白姫は迷わずそこに入った。

「ここまでくればもう大丈夫」

ずいぶん古びた木の扉の奥は、現在の本校舎の陰に隠れて日が当たらないせいで暗い、俺達の教室の半分ほどの広さの教室だった。窓際に何列か机が連なり一つの卓を成し、後方に余分の机と椅子がバリケードのように組み上げられているだけで、他になにかあるわけでもない。

旧校舎ってだけあって、まるでこの場所だけ時間に置いてけぼりにされているような寂寞とした空間だ。

「こんなとこよく知ってたな……」

「たまに一人になりにここに来るの。透衣くんとこの店の雰囲気に似てていいでしょ」

「あー、まあ。……いや似てねえから！　こんな古臭くねえよ！　俺の店はあのあれだから！　アンティークってやつだから！」

「アンティークもフランス語でほとんど『古い』って言ってるようなもんだよ？」

「バカにしやがって……んなこと言うなら店やらねえぞ！　つかさっきのあれはなんだ！

ふざけた真似すんなよ！　なんだよ昨日の夜って！」

「だってあれは昨日の夜の出来事でしょ？」

「言い方な！　多分付き合ってると思われてんぞ！」

「似たようなもんじゃん。それに」

白姫は俺の耳を自分の方へ引っ張る。

「いてぇ！　なにすんだ！」

「下僕にご主人様への文句を言う権利なんてないの」

「まだそんなこと言って……」

白姫はひんやりした声で息を吹きかけるように耳元に囁く。

「当たり前でしょ？♡」

「なに考えてんだよマジで……」

「じっとして。もうあんまり時間もないし、さっさと済ませるから」

「は？　済ませるって何を――んッ……!?」

　ぷちゅ――。

　耳をつままれたまま、柔らかい唇が押し付けられるように俺の唇に宛てがわれた。俺の動きが硬直すると、耳に触れる白姫の手が和らぎ、やがて頰を包むようになる。乾いた俺の唇が微(かす)かに濡(ぬ)れた。

嗅覚と味覚が緻密に関係しているというのは本当のようで、白姫が漂わせているバニラのような高級感のある甘い香りが、匂いだけじゃなく、確かに『味』として伝わったような気がする。

俺の顔から離れた、少しだけ強(こわ)ばった上目遣いが俺を見上げる。

「……受け入れるなんて、満更でもないんだね」

またキス、されてしまった。熱に浮かされてぼーっとするも、なんとか正気を保つ。

「どういうつもりだよ……」

「証拠保全だよ」

白姫は自分の唇に人差し指でぷりぷりと触れる。

「昨日のあれだけじゃ、いつか証拠が消えちゃうでしょ？　だからこれから毎日キスするの。そしたら証拠の効果は持続する。キスから逃れられない透衣(とうい)くんは、永遠にあたしの言いなりってわけ」

「お前……自分が何言ってんのかわかってんのか……？」

「最初にキスしてみろって言ってきたのはそっち。おかしなこと言ってるのはお互い様」

まだ口に残る感触に高鳴る胸の鼓動。いくらムカつく相手とはいえ、キスはキス。こんなことを毎日続けることになるなんて、寿命が何年縮むかわからない。

「いいのかよ……弱みのためとはいえ、俺なんかとこれからずっとって……」

「なにを今更女々しい……減るもんじゃないしいいでしょ？」

その言葉で、白姫のあまりに冷たすぎる仮面の奥を知った。白姫にとって婚約は本来したくないもののはずだ。それなのに、誰かのためにしなければならないのなら、なんの縁もない男とのキスさえも厭わず、遂行する。

それだけ自分以外のために、割り切れる覚悟と勇気があるという事だ。

そしてそれは、白姫が今まで、こんな俺に対しても弱さを見せずに見栄えのいい笑顔を作り続けていられたことに、どこか通ずる気がした。

「さて、キミにはこれから、あたしの言うことをなーんでも聞いてもらうわけだけど？」

「なーんでもって……これ以上なにするっつーんだよ……」

白姫は、楽しいあれやこれやを思い浮かべたような楽しそうな表情を浮かべる。だがそんな可愛らしい顔の奥では、きっとメルヘンのかけらもないようなおぞましいことを考えているに違いないのだ。

仮面を外して吹っ切れた白姫の企みに、俺も覚悟を決める。

そして白姫は、手始めに人差し指を立てた。

「まずは、ロータリーの花壇に水やりをしてもらおうか。美化委員の子に頼まれてるの」

「……え？」

思わず拍子抜けする。キスに比べたら大したことない。

だがそれは、俺がこの女を甘く見積っていただけのことだった。

「あと理科室へ教材運んどいて。気に入られてる先生にお願いされちゃってさ」

白姫は、その場をくるくる歩き回り、二本、三本と、次々に指を真っ直ぐにしていく。

「それから図書室の返却本の整理でしょ？　そんで体育の時間のコートの準備もよろしく。あそうだ、三時間目の数学のノート取っといてくんない？　あたし委員会の議事録まとめないといけないから。それでね～――」

「ま、待て待て！　ちょっとこっちが下手に出てりゃ、つけあがってんじゃねえぞ！　んな雑用てめえでやれよ！」

この女ぁ……何かと思えば雑用ばっかり……！

しかし白姫は、余裕そうに可愛く一回転し、スカートをヒラヒラさせて小首を捻った。

「言われた通りにするか、変態さんの容疑で逮捕されるか、どっちがいいですか？」

答えを迷ったりはしなかった。

◇

よいしょ、よいしょ、せっせせっせ～。

「ありがとう君波くん！」

テキパキ、テキパキ、バタバタバタ〜。

「いやぁ助かったよ君波！」

もちろん働きました。

気づいたら三時間目が終わってて、今日の半分が過ぎていた。皮肉なもので、ぼーっとしてる普段はうんざりするほど長い学校も、真面目に没頭すると一瞬だ。

それにしてもなんて女だ、白姫リラ。

表の顔からは想像もつかないほど悪知恵の働く腹黒女だ……このまま結婚してしまえばメゾンが知らない喫茶店になるどころか、俺は一生あいつの言いなりって、人生終わったようなもんじゃねえか……。

そして、もう一つ、大きな問題が。

大きなため息をついて、俺が鬱陶しさに周りを睨むと、ザッ、とこっちを向いていたような気がする衆目が散る。

ただでさえ学校で有名な問題児ということで通っていた俺だが、S姫との関係を疑われ始めたことにより、以前よりさらに注目を浴びてしまっているのだ。

居心地悪ぃな……。

休み時間に入り、教室の空気に耐えられない俺は、食堂前の自動販売機に逃げた。

登校している時にいつも買っているいちごオレを購入。俺の学校での楽しみはこれくらいしかないのだ。

疲れた時は甘いもんに限るぜ……なんとかしてこの状況から脱出しねえとな。

と、いちごオレを飲み始めた時だった。

「――見つけた、あたしの透衣くんっ♡」

「ブフォッ」

噎せながらも後ろを振り返ると、あのドS姫が笑顔で俺の背後に立っていた。

「……し、白姫さんじゃないかぁ。で、優等生の白姫さんが俺なんかになんの用？」

「おーおー、白々しいね。あたしの下僕になったよね？」

すると白姫はニッコリ自販機を指さす。

「あたしはロイヤルミルクティーで」

「ハハハ、は？」

「だからぁ、ミルクティーだよ、ミルクティー！」

「……ミルクティーがなんだよ」

「自分の立場、忘れたわけじゃないよね？　仕方ない、キスのこと、事務所に――」

ポチ、ガシャン。

気がついたらミルクティーを購入していて、ドS姫と二人、校舎のスクエアに作られた広場のベンチに座っていた。全校舎に囲まれなにかと人の目が気になる場所だ。

「ん～！　人のお金で飲むミルクティーはおいしいなぁ！」

なんて様変わりだ。こいつ、ホントにあのＳ姫なのか？

「ていうか、不良のくせにいちごオレなんて、案外可愛いの飲むね」

俺が白姫のことを無視して自分のいちごオレの方に集中していると、白姫は眉をピクっと吊り上げる。

「……無視？　あっそう……いいんだよ？　パパに言っちゃっても」

なにかあるとすぐに弱みをチラつかせて場を制圧する白姫。これだからお嬢様は……。

誰かに自分の上に立たれることが大嫌いな俺にしてみれば、気絶寸前のストレスである。

「うるせえなぁ……甘いもんが好きなの！　わりいかよ……」

「へえ、意外だね」

「甘いものは正義なんだぞ。日本人は砂糖の消費量が少ねえらしいけど、バカだとしか思えねえな。太るとか糖尿病になるとかで避けがちだけど、糖分を摂ること自体メリットの方が多いんだ。消化吸収が早いから、食べてすぐエネルギーになるし、神経をリラックスさせる効果もある」

「さすがシェフ見習い。お詳しい」

「へ、まあな」

ふふふ。つまり、こういう精神的に追い込まれた時こそ甘いものを摂るべきだ。身体を癒し、次への活力に変える。心をリセットし、英気を養うのだ。

と、俺が心の裏で野心を燃やしているとも知らずに、白姫は話を変える。

「仕事は順調かい」

「やってるよ……」

「ふふ、あの不良の君波透衣が裏であたしの言いなりになってるなんて知れたら、どうなるんだろうね？」

つつー、と、細いストローの中で、ミルクティーが白姫の艶やかな唇の向こうに吸い込まれていく。ストローを咥えて髪を耳にかける白姫。たかがミルクティーを飲むだけにしては無駄に色っぽい。

「知るかよ……ていうか、んな呑気に飲んでる時間ねえぞ。早くしろ」

なくなったいちごオレのストローを噛みながら言うと、白姫はストローから口を離してゴクリと、綺麗なのど元を動かした後、吐息を漏らす。

「っはぁ……もう、そんな一気に、無理だよ」

思わず目を逸らしてしまった。いやだから、ミルクティー飲んでるだけじゃん……なんでいちいちこんなエロいんだよ。

黙って白姫が飲み終えるのを待っていると、白姫は俺の方を覗き込んできた。

「……飲む？」

自然に眉根を寄せてしまった。白姫はそれでも恬として優しい顔で提案してくる。

「あ？」

「せっかく奢ってもらったんだし、一口ね。その、間接キスになるけど……」

照れ笑いをしながらポリポリと頬を掻く白姫。いや俺らもっと凄いことしたじゃん……。ん、待てよ。こいつ下僕がどうとか言ってるけど、こうやってアプローチしてくるってこたぁ、ホントは俺と普通に仲良くするつもりなんじゃねえのか？　いくら不本意とはいえこいつは俺と結婚する気なわけで、それを気の悪いもんにはしたくないだろうし、打ち解けやすくするために敢えてラフに振る舞ってるだけとか？

「ほら、甘いもの好きなんでしょ。甘いよ？　こっちも」

葛藤している間に、ストローが突きつけられる。そう思うと、このミルクティーもそういう優しさに見えてきた。まあ、こいつのやってることは褒められたもんじゃねえが？　善意ってんならこの間接キス、貰わなくもねえな。うん、てかくれ。

「しょ、しょうがねえなぁ……？　じゃあまあちょっとだけ……」

俺がわずかな恥じらいを振り切って口を開け、ストローを咥えに行くと、白姫はそれにニヤッと口角をあげる。

「はい、あ～ん」

MILK TEA

「あ、あ～……」

瞬間、ストローがぷいっと明後日（あさって）の方向を向く。

「あ～っ、あ？」

もう遅い。白姫（しらひめ）は再びミルクティーを飲み、口を開けている俺の顔を嘲笑（あざわら）う。

「みっともない顔」

「ぐっ……このアマ……可愛（かわい）くねえ……」

信じた俺がバカだった。こいつはそういう奴（やつ）だった。

「甘いものが好きねぇ。でも残念、人生はそう甘くないのでした。あ、そうそう、また新しい仕事なんだけどね」

やばい。俺の中の危険察知能力がレベルマックスの警報を出している。

◇

家に帰った俺は、ギャルソンのコスチュームに着替え、部屋の階段を下りた。

今日は散々だったな……。

あの後、先生には三回も褒められ、生徒からは「あの見た目で……」と引かれた。俺さえもトイレの鏡の前で一瞬「(うわ、誰あれガラ悪っ……俺かッ!!)」ってなるレベルには優等生してた。これじゃ不良じゃなくてただの良。

やけに凝った肩を回しながら一階の店に下りると、それを見るや、いちごが鬼の形相で俺に飛びつく。

「うわっ！　いちごか……なんだよ恐い顔して」

待ち伏せしてた怪人に殺されるのかと思ったぜ……。

まあこいつはいちごであって、怪人は当然俺の見間違いであったものの、ただ、そんな勘違いをしてもおかしくないほど、いちごの顔は底知れない怒気を孕んでいた。

「ちょっと透衣！　S姫と……白姫リラと付き合ったってどういうこと!?　みんなあれからずっと噂してるカンジだし！　あれから一体なにがあったの！　なに！　透衣も他のミーハー男子と同じでS姫に惚れたカンジ!?」

「はぁ……？」

まだ制服のままで、髪も下ろしたままなのを見るに、どうやらそれを聞くために、階段の下でずっと待っていたみたいだ。

そして、いちごもどうやら、ものすごく面倒な勘違いをしているらしい。

「待てよ……んなこと誰が言ってたんだよ」

「学校中のみーんなが言ってるよ！」

「付き合ってねえし惚れてもねえ……今日俺があいつと一緒にいるところ見たやつが勝手

に勘違いして言ってるだけだろ。それに、誤解を生むような今朝のあいつの言い方も悪い」

「でも結婚するなら、ほとんど惚れたようなもんだし、付き合ったようなもんじゃん！ 昨日はオーナーやS姫の父親がいたから聞けなかったけど、そもそも会食の時に透衣が出て行った後、あのたった一瞬でどうして結婚するなんてことになるの！ おかしいよ！」

「えー……」

どうしてそうなったって――。


『お願い……どうしたら言うこと聞いてくれるの？』

『だったらキスでもしてみろよ。今、ここで』

チュルルルルゥ～♡

い、言えるわけねえ……。

渋っていると、いちごはますますムキになって「き・か・せ・て！」と距離を詰めてくる。

「お、大人の事情……？ 別にあいつに惚れたとかそんな単純な話じゃねえから……」

いちごは俺が逸らした視線を追いかけるように顔を覗き込んでくる。

「大人の事情って……あんなに親に反抗して、店を継ぐって意気込んでた透衣が、あっさり大人の言うこと聞くとは思えないし……」

「えっと……」

「変わらないって……言ってたのに……」

「いちご……」

しょんぼりしたいちごの子犬みたいな顔に、俺もいたたまれなくなる。ぐぅう……ごめんいちご……上手く返り討ち出来なかった俺のせいだ。

なによりいちごに、俺が折れたと思われてしまうのが悲しくて、悔しい。

これ以上話しても大したことを聞き出せないのを悟ったのか、いちごは一歩下がって不機嫌そうに俺をジト目で見た。

「あっそ……つまりあの不良の君波透衣も、S姫には敵わなかったカンジね」

「い、いやぁ……」

「はぁ……うちの方が……先に……」

「先に？」

いちごを覗き込むと、なにか逆鱗にでも触れたか、顔を赤くして吠えられた。

「……知らないし！　透衣のブァァァァァァカッッッ！」

「な、なんだ……？」

まあいいや、とにかく今は俺が白姫の魅力に負けた憐れな男ってことにしておこう。

くっそぉぉぉぉお！　なんで俺の人生何もかも上手くいかねえんだよぉぉぉぉぉお！

Chapter 4. 好き嫌い

Cet amour vous convient-il ?

白姫の下僕となってから、一週間が経過した。

ここで学校一の不良こと俺の、変わり果てた一日のハイライトをご覧にいれましょう。

仕込みを早々に済ませ、登校。

早朝、七時半。うちの学校の部活である地域ボランティア部と一緒に、近くの自然公園で清掃活動に励む。アポは白姫が取ったらしく、俺は無理やり参加させられたのだ。

「君波くん！　こっち来て！　缶やペットボトルがいっぱいだ！　少し時期外れだが、きっと花見でもしたんだろうね」

「うん、う～ん……えっと……」

ゴミが散乱しているサマをまるで百花繚乱たる花畑でも見ているかのように俺に報告する部長の男。一体どこに興奮する要素があるのだろうか。ゴミはない方がいいのでは。

八時四十分、学校に戻り、いよいよ授業が始まる。

今日の一限目は数学。実はそれぞれの教科に対応したノートを白姫から託されており、これらすべてのノートに板書を写すのは最低ノルマ。俺はほぼすべての授業で黒板の文字を追うこととなっている。

一限目の授業を終えた九時半、俺は音楽室に向かった。

「いやぁ～、助かります君波くん！　これだけ重いと一人じゃ持ち運べなくて……でも二人だとこんなに楽チン！　ララ～♪　さ、君波くんも一緒に！」

「ル……ルルル～……」

　これも当然、白姫の『手伝ってやれ』という指示の元だ。音楽の女教師と謎のセッションをしながら、準備室から音楽室への楽器の運び入れをお手伝い。ちなみに音楽の授業は選択科目であり、音楽を選択していない俺はただの部外者である。

　二限目終わりの休み時間。仕事が途切れた貴重な休息。俺は自販機に走る。

「わぁ！　あたしのためにわざわざ買ってきてくれたの？　ありがとう♡」

　席で呑気(のんき)に次の授業の準備をしていた白姫にミルクティーを差し入れた。お前が買えってＬＩＮＥ入れたくせに……。

　三限目、ノートを取っていると、現代文の眼鏡(めがね)の先生に褒められた。

「君波くん……今日はすごく集中していますね。素晴らしい心掛けです。せっかくですし、この『山月記(さんげつき)』の本文、最初は君波くんに読んでもらいましょう。はい、立って」

「え……は、はい。えーっと……この漢字は……」

「ろうさいです」

「『ロウサイ？　の――』……えーっと？」

「りちょう」

「『ロウサイのリチョウは、——』……？」

「はくがくさいえい」

「『ロウサイのリチョウは、ハクガクサイエイ、——』…………？」

「よくできました」

「はい」

三限目、四限目と終わり、昼休み。食堂で買ったパンで昼食をサクッと済ませ、俺は図書室に向かった。

図書室を訪れる生徒が特に増える昼休み。その間忙しい司書さんの代わりに、貸し出してから返却された本を、それぞれ元あった場所に返す仕事を任されているが、未だにどこが何の本棚なのか、どの本が何の本棚に返すものなのか、さっぱりである。

「えーっと……これは小説で、サ行の本だから……あった！　高ぇなぁ。くっそ……と、届かねぇ……うわぁッ！」

「き、君波くんッ!?」

大事故にあった後、俺の昼休みはまだ終わらない。

次は中庭で、用務員の男の人と一緒にロータリーの花に水をやる。

本当は朝にやるらしいのだが、今日は俺がボランティア部を手伝っていたので、手伝いに向かう時間をずらしてもらった。

「さすがリラちゃんの見込んだ男やなぁ！　兄ちゃん、中々ええスジしてるやん！　後で中庭のんも頼むわぁ～」

「え、いや時間もあるし……」

「あー！　じゃあ五限の授業終わってからでええよ」

「えー……五限終わり、休みだったのに……」

「ホンマかぁ……仕方ない。ほんならリラちゃんにまた頼むしか――」

「やります」

その後も仕事は続き、そしてようやく現在、放課後。俺は今、職員室にいた。

「ふんふん、変われば変わるものねぇ……」

キャスター付きのチェアに座って、亜麻色の長髪を耳に掛けながら、俺が書き記した日誌をまじまじと見る、うちのクラスの担任の先生、平井杏子（ひらいあんず）。上からのアングルだと紺色のスーツの下のプリーツブラウスから若干谷間が見え隠れして、あまり直視できない。

「頼まれてとは言え、まさかあの君波くんが学級日誌を書くようになるなんて……先生嬉（うれ）しいわぁ♪」

「……まあ」

日誌の代筆、これもあのS姫に命じられた任務の一つだ。ここのところは毎日、俺が書いて提出するのが日課となっている。

それにしても、ハイライトで振り返って再認するあの女のやばさときたら……改めてなんて女だ。まずどっからあんなに仕事が湧いてくるんだよ。

当然決まり事だし、この一週間、キスもした。そりゃあもう、チュッチュチュッチュだ。ネズミと会話出来るくらいにはしている。

幸い、『昼のターンオーバーは三日くらいだから、ギリセーフ』とかなんとかって、土日だけ大目に見てもらえ、白姫（しらひめ）の悪魔のキスからは逃れられた。

「最初はびっくりしたわよ。あなたが職員室を自ら訪れて私の名前を呼んで、先生喧嘩（けんか）でも売られるのかと思ったもの」

「はあ」

「それに、反省のところの『授業で寝ている人が数人いた』なんて、ついこないだまで書かれている側だったのに」

「はい……」

俺だって寝たい。毎時間ノートを取らされて寝る暇もないのだ。ちなみに日誌の内容が堅苦しいのは単に、白姫の言ったことをそのまま口述筆記しているからだ。

「あ、あの」

「しかも！　用務員さんがあなたのことを褒めてたのよ！　最近は白姫さんの他に、茶髪で前髪にピンをした男子もよく手伝ってくれて助かってるって、君波（きみなみ）くんよね？」

「……えー、まあ」

「そうよねえ！　あー、本当に嬉しいわぁ！　それにそれに～」

「……あの！」

「あら、なにかしら？」

　絶賛しすぎ。大袈裟。恥ずかしくなって、両手を握ってくる先生の手を振り払った。

「も、もういいっすか……その、白姫も待ってるんで」

「ああ、そうね。二人は本当に仲良しね～」

「いや、そんなんじゃ……大体あいつは友達他にもいるっすよ」

「あら、ホントにそう思って言ってるのよ？　白姫さんは優しくて愛嬌のある子だから、確かに人気者だしみんなと仲がいい。けど、あの子がこうして一人の人とずっと一緒にいるところって、意外と珍しいのよね。だから白姫さんに心を許せる友達ができたことも、実は先生少しホッとしてるの。あ、これ内緒ね」

　へえ……でも確かに、白姫に友達はいっぱいいそうだけど、白姫の友達と言えば、と言われると連想できる特定の人物がいない。まあ、俺が知らねえだけの可能性もあるけど。

「そうだ！　ちょっと待ってね～、これ！」

　話の途中で、平井先生はデスクの引き出しから、なにやら和菓子を俺にくれた。

「……なんすかこれ」

「これねえ、この前に親戚から送られてきたちょっといいおかきなの。ほらこれ、二つあげるからよかったら白姫さんと仲良く食べてね？」

「えー、はい、いらないです」

「いいのいいの遠慮しないで！　良い子にしてたご褒美よ？」

「い、いや、良い子って……いらねぇっつってんじゃないっすか……」

「今更反抗したって、学級日誌を書く不良なんて説得力ないわよ～♪　うふふ♪」

「あーもう！　わぁりましたよ！　ったく……」

別にそこまで突き返す理由もなかったので、やむなく俺は、おかき二袋をポッケに入れて、職員室を出た。

これにて今日のお勤め終了。ふぅ、今日もよく働いたぜ……。

にしても良い子にしてたご褒美か。先生からしてみればここ数日の俺って良い子だったんだな。まんま不良の反対だな。学校の先生に褒められるのなんて小学生ぶりか。

そのまま俺は、先に鉛玉のついた鎖の拘束具を足で引いているような、はたまた地球に生じている引力が数倍に跳ね上がったような、そんな重い足取りで、旧校舎の階段を上っている。もうこの道のりも見慣れてしまった。

そして、多目的Eと書かれた表札が見え、俺はどっと気を重くする。

「はぁ……」

もう腐ってすらいそうな、ボロい木の扉を引くと、その教室の窓際の机の上に、俺のご主人様であるドS姫は脚を組んで腰を置き、携帯を触っていた。

「あ、おかえり！」

俺は白姫にお土産を渡した。

「ほらよ、落とすなよ」

「おっと……投げないでよ。で、なにこれ……毒でも入ってんの？」

白姫は今確かに先生のくれたおかきに向かってそう言った。

「ちっげーよ……可愛くねぇな。平井先生が最近良い子にしてるご褒美にお前と食べろってくれたんだよ。俺、しょっぱいの口に合わねえし、両方やるよ」

「なんだ……へー、杏子ちゃんがね。そしたら日誌の効果絶大だねぇ」

「日誌の効果？」

「そう！　透衣くんが日誌を毎日欠かさず書いて持っていくことで、杏子ちゃんからの印象をちょっとでも良くしようって思ってたの」

「ん……じゃあ今やってるような他の仕事も全部、俺を更生させるため？」

「そ。色んな人に透衣くんが汗を流してる良い子なところを見てもらって、まずは不良ってみんなの印象から変えていくの。超名案でしょ？　実際あたしの周りでも、悪い人ではないのかもって耳にするようになってるよ～」

個人的に押し付ける雑用にしては度が過ぎてる気はしてたけど、そういうことか。そういえばこいつ、更生させるとかって息巻いてたっけ。あたしに反抗なんてさせない〜、みたいなことかと思ってたけど、ガチで不良辞めさせる気なんだな。確かになんか俺の評判も最近良くなってきてる気がするし、これが狙いだったのか……。

って、そんなの全然嬉(うれ)しくねえし。いつか絶対この状況から脱出してやるんだかんな。

「あっそ、んじゃま、帰るかぁ」

「待って?」

「……なんだよ」

「今日まだしてないよね、あれ。逃げるつもりですか?」

「あれ……あれ、ね……はいはい……」

俺は教室の扉に背を預け、ポケットに手を突っ込んで白姫(しらひめ)を睨(にら)むが、対して白姫は、すっかり白姫のモノになった俺を見て恍惚(こうこつ)とした笑みを浮かべる。

二人の距離は部屋の端から端まであって遠いものの、それでも同じ空間にいるという事実が、妙に俺達(たち)の今の距離感に酷似していた。

「もう、遠いなぁ。こっち来てよ」

「わかったよ……」

渋々白姫の傍(そば)まで近づくと、白姫も卓から腰を上げた。

「じゃあ、するね？」

肩に手を置いた白姫は、上目遣いで俺に一言確認を取る。

「……うす」

目が合うとなんとなく気恥ずかしくて、俺は目を視界の脇に逸らした。

白姫が背伸びをする。ああ、来る……。

——チュゥ。

数秒、二人の唇は重なり合う。柔らかく湿っぽい感触と、相手の体温をじんわりと否が応でも感じ、全身がひりひりと痺れる。

「……はい、終わり♡」

数々の仕事を終えた最後は、放課後のこの時間、白姫に唇を捧げることになっている。義務としての意味合いが百パーセントの冷めたキス。日課とはいえ俺は未だに慣れていないのに、白姫はいつもどうってことなさそうに、からかうみたいに、それから業務のように、口付けを熟す。なんとも思わねえのかな。キスだぜ、キス。はぁ、ホントキスなんてさせるんじゃなかったな……。

白姫は扉に手をかけて俺の方を振り返る。

「じゃ、帰ろっか！」

◇

二人各々、下駄箱で靴を履き替え、俺と白姫は並んで学校を出た。

あの日以来、実は毎日白姫を駅まで送ってやっている。姫曰く『下僕として帰り道の護衛をするのは当然』とのこと。帰るまでがなんとやら、とよく言うが、その通り。帰るまでがこいつの下僕なのだ。

駅まで歩いている時間は、白姫が俺について色々聞いてきたり、逆に白姫が学校でのことや自分のことを俺に話してくれたりって感じ。おかげで別に知りたかったわけでもない白姫の情報が日に日に俺に蓄積されている。

そういえば白姫の家はこの街から二駅先で、一人暮らしだと教えてもらった。もともと東京に家族と住んでいたものの、高校に進学する時、とある理由で故郷であるこの辺に自分だけ単身で帰ってきたらしい。

親は東京、自分だけ故郷。その点はなんだか少しだけ俺の境遇と似ていて、不覚にも親近感が沸いてしまった。

あと、モデルなのに『白姫リラ』丸出しのままで街を歩いて大丈夫なのかツッコむと、『そこまで有名じゃないんだよ。悪い？』と返ってきて気まずくなった帰り道もあったな。

いずれにしても、普段はＳ姫なんて言われているこいつも、知れば知るほどただの人間なのだと、わからせられる。

　学校付近の閑静な住宅街を抜け、大通りに出る、駅まで真っ直ぐの道すがら、不良＆Ｓ姫という、うちの学校じゃ異色のコンビが、今日も歩道で注目を浴びている。だが、お互い校内での視線には慣れている分、白姫も俺も気にせずに真っ直ぐ駅を目指していた。

　そんな帰り道、今日は一つ、ふと気になったことを聞くことにした。

「なあ。俺と一緒に帰ってんのも、本当はなんかちゃんとした理由あんの」

「……なんで？」

「なんでって……雑用は俺の印象を良くするためだったろ。だから一緒に帰るのにもなんか意味があんのかなって」

　日誌やその他雑用は、俺の更生が目的らしいし、キスだって俺を脅すため。要所でジュース奢らされたりみたいなワガママはあるものの、今のところ、基本白姫のやらせることには必ずちゃんとした理由があるみたいだ。

　だけど、白姫は遠い目で進行方向を見つめて言った。

「一人で帰ってるとたまにあるの。男子が話しかけてきて、一緒に帰ろうとするみたいな。だから虫除けにちょうどいいかなって。最近気づいたんだけど、透衣くんと一緒にいる時だけは、自然と近寄ってくる男子が減るんだよね」

　白姫は後ろを振り返って、集団で帰る男子の群れを煙たそうに睨んだ。来る者は誰でも受け入れるスタンスに見えてたけど、腹の底じゃ普通に面倒な奴は敬遠してんだな……。

「だったら俺じゃなくても、誰かと一緒に帰ればいいだろ」

「他の男作れって？」

「そうじゃなくて……女の友達だっているだろ？」

「あぁ……特別仲良い人っていなくて……人の輪に長くいるの苦手なんだよね」

「なんで？」

「ずっと気を遣わなきゃいけないから——疲れる」

白姫の本音を聞いて、それと同時に、さっきの杏子先生の言葉を思い出す。

『白姫さんは優しくて愛嬌のある子だから、確かに人気者だしみんなと仲がいい。けど、あの子がこうして一人の人とずっと一緒にいるところって、意外と珍しいのよね』


思ったより、表の顔と裏の顔を使い分けてんだな。

ずっとただ愛想が良い奴だと思って見てきたけど、白姫ってもしかすると、意識的に人と距離を置いてんのかも。

やり方は違うけど、それって、俺と——。

そんな会話をしていると、駅に到着する。

「じゃ、また明日。今日のこと、みんなには内緒にしててね」

「……言う相手なんていねえよ」

「はは、よろしくね」

儚げな笑みを浮かべ、白姫は改札を通った。その笑顔が作り物だってことは、きっと俺じゃなくたってわかったと思う。

いつもなら速攻帰り道に引き返すところだが、今日ばかりは白姫がホームに伸びるエスカレーターを登りきり、見えなくなるまで行く末を見届けてしまった。

猫かぶりなんて軽い言葉で片付けていたが、俺の想像以上に普段の優等生の白姫は徹底して作られているみたいだ。

◇

『放課後、体育館裏集合』

翌日。今日も数々の仕事を終えた放課後、白姫からそうＬＩＮＥが届いた。

言い忘れていたが、実は白姫は、俺の連絡先を親父伝いで聞いたそうで、契約当初から基本、命令はこんな風にメッセージでもらっている。

そして放課後にやることと言えば、学級日誌の代筆、そしてキスである。いつもは半分あいつの所有物になっているらしい旧校舎の教室で済ませているが、今日の呼び出しはなぜか体育館裏だった。

そこにまもなく到着という時。近くで男女の笑い声が聞こえ、思わず息を引っ込めて足を止める。物陰からこっそりその様子を覗くと、そこにいたのは白姫と風間だった。

二人して体育館裏のコンクリートの壁にもたれ掛かり、顔を見合い笑い合っている。

「そっか、じゃあああのお腹の音って田中さんだったんだね」

「そうそう！　あたしもびっくりしたよ。その後の休み時間『お腹に入れられるもの買ってくる！』って急いで購買行ってたよ」

「次の時間も鳴ったら大変だからじゃない？」

「ふふ、そうかも」

……なにこの青臭い感じ。俺お呼びじゃねえじゃん。

でも、確かにＬＩＮＥには体育館裏って書いてあるし、俺の間違いではないだろう。事実白姫もそこにいるわけだし。

つーか、なんだよ白姫のやつ……相変わらずぶりっこしやがって。普段俺には散々嫌な態度取ってるくせにさ。

自分との扱いの違いに腹を立てていると、話は次に進む。

「それで、言ってた話ってなにかな」

白姫が風間に聞く。なんだ？　話？　ここまで人目を避けて話すようなことだし、もしかして聞かれちゃまずいやつ？

しめたぞ……ここで白姫の弱みになるような話が聞ければ一気に立場も逆転だぜ！

くひひ……と俺が不敵に笑っていると、風間はパサっと前髪を払って話を始めた。

「リラ、最近大丈夫？」

「……ん、大丈夫って、なにが？　あたしなにか変かな」

白姫は心配されることに心当たりがないのか、少し苦笑いして風間に問い直す。俺も静かに身を潜めながら、話を盗み聞きする。

「なんか、大変なことに巻き込まれてるんじゃないの？」

「……え？」

「君波(きみなみ)だよ。君波透衣(とうい)」

……俺？

ここで出てきた俺の名前。思えばなんとなく隠れて聞き耳を立てていただけだったが、自分の登場に一気に俺の心臓は張り詰める。

「君波透衣になんかされてるの？」

「えっと……なにもされてないけど……」

白姫は少しだけ焦(あせ)ったような顔をして、それでも首を横に振る。

「強がらなくていいよ。俺はリラの味方だ。あいつにされてることがあったら言ってくれ」

ははーん。風間のやつ、さては俺が白姫にちょっかい出してるもんだと思ってんな？

残念、悪いのはその女だ。ったく、教えてやりたいくらいだぜ。ヒーローのつもりなら俺のことを助けろよな。

そんなことを知る由もない風間は、白姫に優しい救いの手を差し伸べているわけだ。

「か、風間くん。前も言ったけど、透衣くんとあたしは親同士が知り合いなの。普通に仲良しだよ。別に透衣くんになにかされてるってわけじゃないから……」

「リラ、困ってるって顔に書いてる」

おめーのせいだろ。

わかってる風でわかってない男、風間はなおも俺の事を疑っている。

「リラは優しいから、君波のことも振り払えないんじゃないのか？　今なら誰も見てないし聞いてもない。俺になら言えるでしょ？　抱え込んでるなら言ってよ」

しつけえ……なんか物分かりの悪そうなやつだな。

風間が白姫を心配しているのは確かにわかる。でもなんか押し付けがましいっていうか、ただのお節介にしか思えない。

「俺さ、困ってたり、悩んでたりしてる人、放っておけないんだよね。だからリラがそうやってなにかに怯えてるの、見てられないんだ」

風間は必死になって白姫に言葉をかけている。その間白姫は話をまるで聞いていないようで、しきりにスマホをチラチラと確認していた。

……あれ、あいつが気にしてるのって、もしかして。

と、不覚にも、足元の砂利を踏み鳴らしてしまう。

音に気付いた白姫は、振り返って俺を認識すると、顔が安堵でパッと明るくなる。

「透衣くん！　偶然だね！」

お前が呼んだんじゃん……。

白姫は駆け足で俺の方に寄ってくると、俺の腕をとって風間に手を振る。

「じゃあ、透衣くん来たからあたし行くね！」

「え、ちょ……いいのかよ」

「君波」

俺が一瞬の戸惑いを見せると、風間はその隙に俺の名前を呼んだ。

「……なんだよ」

「リラにどうやって近づいたんだ」

「は、はぁ？　俺ぁ別になんも――」

「ま、まさか！」

なにかとんでもないことでも過ったのか、風間はハッとして俺を見る。

「……まさか、弱みでも握って脅してるんじゃないだろうな！」

違うそれこいつこいつ。

「透衣くんは風間くんが思ってるほど悪い人じゃないもん……」

「白姫……？」

白姫は俺の言われように同情したのか、嘘か誠か俺を庇うセリフを言うが、風間も引き下がらない。

「違うな。第一、リラがこんな不良と仲良くなるはずがないよ。こんなの親が知り合いなんてありきたりな理由だけじゃ説明がつかない。どんなにリラがそいつのことを想おうがそいつは、ふ頭に骸の山を作ったり、ヤクザのアジトを壊滅させるような不良だ」

え、それそんな有名なの？　なんてこった……。

「これからどれだけ更生しようが今までやってきた悪いことが覆るわけじゃないよ。いつリラがひどい仕打ちにあうかわからない。今はできなくても、俺、絶対そいつからリラのこと解放してあげるから。待っててね、リラ」

「風間くん……」

風間は別に悪いことを言ってるわけじゃない。その分白姫も強くは出られないらしい。

だが、俺の方はそろそろ我慢の限界だった。

「ちょっと待てよ……なんで俺がそこまで悪もん扱いされなきゃなんねんだよ……てめえ

殺されてえのか？」

「いや、そういうとこでしょ、透衣くん……」

「ええ？」

二秒も経たず、ぐうの音も出なくなった俺の腕を掴む白姫。

「と、とにかくごめんね風間くん！　じゃあ今度こそ、バイバイ！」

「リ、リラ！　ちょっと！」

風間の呼び止めにも応じず、白姫は俺を引っ張って校舎に逃げた。その逃げ先はというと、白姫専用のプライベートスペース、旧校舎の一室だった。結局今日も来てしまった。

白姫は「はぁ……」と逃げ切り成功の大きなため息をついて、机の上にどっかり座った。

「あいつ、お前のことずいぶん気に入ってるみてえだな。買い被りすぎだと思うけど」

「……うるさい」

白姫は普段の余裕そうな調子ではなく、高台の時のようなご機嫌ナナメモードらしい。

「いいじゃん。俺なんかと結婚するよりあっちと付き合えば？　いい子いい子してもらえると思うぜ」

「あっちが絡んでくるだけで、あたしにとってはただのクラスメイトなの。本当に一年の時からクラスが一緒なだけで、こっちから話しかけたことなんてほとんどないのに」

「マジ？」

うちのクラスの雰囲気的にてっきり、『早く付き合えよあいつら』みたいな公認のカップリングなのかと思ってた。

白姫はむっと唇を尖らせてぷいっとそっぽを向く。嫌そうな顔だ。

やっぱり白姫の愛想の良さはあくまで愛想の良さなのだ。表じゃ好意的でも、白姫自身は一つ一つの事象に、一人一人の態度に、白姫なりの思うところがあるわけで。

「……嫌なら関係切ればいいじゃん。じゃねえと風間のためにもなんねえぞ」

「言ってたでしょ？　ワガママな人、嫌いなの。みんなもきっと嫌いだよ。だからどの人相手でも、あたしがそういう人間だと思われたくない。ほらあたし、モデルだし？」

……本当にモデルだからか？

そこまでメディアに露出してるわけじゃないとも聞いてるし、あそこまで外面を徹底する理由にしては薄いような気もするけど。

白姫の方を一瞥すると、同じように俺の方をチラッと見る白姫と目が合う。その憂鬱そうな姿さえもどこかモデル然としていて、魅力に惹き込まれる。

「嫌われたくない。だから、ワガママも嫌も言わない。あたしはみんなに優しくありたいの。透衣くんがメゾンを継ぐって決めてるのと一緒で、それがあたしの意思なの。別に風間くんも悪い人じゃないし、大丈夫。心配してくれたなら、『余計なお世話』だから」

最後のセリフは『おめーもあたしにそう言ったよなぁ？』的なシニカルさを感じる。はあ、やっぱり、俺と考え方が真逆なんだな。まあそれでいいならいいけど。俺関係ねえし。

「だから透衣くんは内緒にしててね――」

白姫は話を切り上げると、机から降りて、俺の方に近づいてくる。

「あ？　なにを……はむっ――」

いつも通り、白姫からキスを喰らう。毎回香る白姫の甘い匂い。最近この匂いを感じるだけでキスが頭に過るようになってしまったぐらい、白姫という存在が俺の胸の中を侵食してきている。

白姫は唇を離したあと、ウィンクする。

「知っての通り、あたしが性格悪い子だってこと！」

「……え、あぁ」

「さっきは助けてくれてありがと。日誌出したら今日も一緒に帰ろうね」

白姫はそう言ってまた笑った。またあの、作り笑顔だった。

◇

「あぁ、なんて美しいスタイル……」

彼女が高く飛ぶと、体操着の裾が翻り、透明度抜群の肌色とくびれが見え隠れする。

「それに超可愛い……」

激しい動きを取ってもその綺麗な顔に一切隙はない。

「勉強もできてスポーツも万能……」

彼女が放ったボールは綺麗な放物線を描いてリングへと吸い込まれていく。

「オマケに性格も良くて……ああ、どこまで完璧なんだ！　S姫は！」

女子がバスケを行うコートを、体育館の中間を区切るネットにしがみつくように観戦する男子達の注目の的となっているのは、皆さんご存知S姫こと、白姫リラだ。

俺はあいつに釘付けになる男子達の声に顔を歪める。

性格いい？　あれが？

昼休み前最後の授業、体育の時間。女子はバスケ、男子はドッジボールを行っていた。

俺は学校ではボッチ。誰かと群れることもなく、ただ人の会話に耳をそばだてていた。

「リラちゃんすごい！　上手だね！」

「リラちゃんが居れば百人力だよ！」

「いやいやそんな。たまたまだよ」

チームメイトの褒詞にも謙虚に返すS姫。どうせ自分でもすげえとか思ってんだろ。

すると、さっきの男子達の会話がまた聞こえてくる。

「それにしてもさー、なんで髪切ったんだろうなー」

「な、俺長い方が好きだったわ」

「それ言ってる人多いよな。確かにせっかく綺麗な金髪なのに、もったいないよな」

「俺はショートもありだと思うけどな！」

白姫のショートカット。最近あちこちでよく盛り上がっている話題だ。

俺はチラリと体操着姿の白姫を改めて見る。

髪は勝手に短くなるものではない。切ってもらったにせよ、自分で断髪したにせよ、手を加えたという事実があるのは間違いない。そこに理由はあるだろう。

ただ、どんな髪型をするかなんて、本人以外の誰にも関係ないことだと俺は思う。

そんなことを思いながら、俺は白姫がボールを追いかけるところをぼんやり眺めていた。

◇

「じゃあ今日の当番、後片付けよろしくな」

今日の当番は白姫一人だ。教師に言われたことに通りのいい声で「はい！」と、ハキハキと返事をしていつもの優等生を演じている。

「白姫さん！　俺手伝おうか!?」

「いや、ここは僕が！」

「黙れお前ら俺がいれば足りるんだよ！」

白姫の前は、ここぞとばかりに親切を売りつける野郎で溢れかえっていた。

「みんなありがとう！　だけどごめん。あたしこの人に手伝ってもらうから、その必要はなさそう！」

そう言って、トンと手を俺の肩に置く白姫。男達が揃って俺を睨む。

「……なんだよお前。ちょっと前までただの不良だったくせに」

「あ？」

「ひっ……今日のところはこの辺にしといてやるよ……」

吉本新喜劇みたいなくだりの後、男達は半ば駆け足で去っていった。雑魚め。

体育館が俺と白姫だけになったところで、白姫は溜まっていた息を一気に吐き出す。

「顔やつれてるぞ」

「はぁ……そりゃやつれもするよ。どうせ外見とかちょっと優しくされたからとか、モデルと仲良くなれば鼻が高くなるとか、そんなとこしか見てないんだろうなぁ。だからあたしもそういう風に振る舞わないと、なんか悪い気がしてくるよね」

「わー、さすがモデル。プロ意識のお高いこって。あいつらが白姫の本性知った時の顔が見てみたいぜ」

「なんか言った？」

「いやなにも？」

「バカにしてるでしょ！」

「あーもう悪かったたって……いいじゃん俺が言うこと聞いてやってんだからさ……」

半分モテ自慢みたいな話を聞いていてもつまらないので、俺は白姫の愚痴を適当にあしらって、せこせこ体育館に散らばったボールを拾う。こいつが俺をここに引き止めた理由はもちろん、俺に片付けすべてをやらせるためだ。ボールを籠に集めている間、白姫は舞台の上に足を組んで手を突き座り、王座に鎮座まします女帝のように俺を見下ろしている。

俺の勤勉な仕事ぶりのおかげで、あっという間にボールが片付く。あとはこの二つの籠を、体育倉庫に仕舞えば完了だ。

車輪のついた籠を体育倉庫に押し運び始めると、「ご苦労さま！」と、舞台から降りた白姫が二種類の籠のうち片方を引き取ってくれる。最後は白姫も手伝ってくれるようだ。

体育倉庫は散らかっていて、どうにかこうにかスペースを開けて籠を置く。

「ちょっと、もっと奥に置いてよ。あたしのが入んないでしょ」

「うるせえなぁ。今やってるって」

俺がガチャガチャ試行錯誤してると、

――ガラガラ、ガコン！

俺達のいる倉庫の扉が勢いよく閉まる音がする。

「は？　お前なんで閉めて――」

「えっ……？　あたしじゃない……今誰かに閉められた……」

振り返ると、白姫は扉ではなく目の前の籠に手を置いている。どうやら冗談じゃなさそうだ。さすがの姫も困惑してらっしゃる。

俺は扉の引手に手を掛け、開放を試みる。

「……開かねえぞ。鍵は俺らが持ってるし、外から物理的になにかで扉を押さえつけられてんのかも。あれだけ音が立ってて俺たちが中にいることに気づけねえわけがねえし、明らかに故意にやってるっぽいな。これ誰かに嵌められたんじゃ……」

白姫はその事実に頭を痛そうに抱える。

「……ごめん、多分あたしのせいかも」

「は……？　どういう……」

白姫はそのまま小声で続ける。

「あたしの事を妬んでる女の子とかだと思う。さすがにここまでされたことは過去になかったけど、あるとしたらそれしかないよね……」

「へえ……」

なるほど、事情はわかった。女同士の妬み嫉みってやつか。

「いや、そうとも言えねえじゃん。俺のこと恨んでるやつかもしんねえだろ？」

「普通の人ならこのあたしまで巻き込むことはしないでしょ」

「俺なら巻き込んでいいのかよ……」

白姫はお手上げだと言いたげに近くのマットに尻をつくと、額を膝小僧に付けて、すっかり丸くなってしまった。どうやってここから出る？　なんて聞けるテンションではない。

まあ、素直に受け入れ難(がた)いが、白姫の言う通り、俺を標的としている場合、人気者の白姫まで巻き込む真似(まね)はしないはずで、消去法で白姫が狙われた可能性の方が高い。それに、心当たりがあるってんならそういうことだろう。イジメってのは、虐(いじ)められた側の方が覚えてるもんだしな。

にしてもこいつ、人気者って言うからてっきりみんなに好かれてるのかと思ってたけど。

「……妬んでる女ってのは？」

白姫は俺の声に頭を上げる。

「別に誰ってわけじゃないけど。なんか、女子から変な対抗心を買いやすいんだよ。まあ、こんなに可愛(かわい)いくて男子にモテるんだもん。嫉妬も無理ないよね」

後半部分が冗談だということは俺にもわかるし、苦し紛れに言っているのもわかった。

「はいはい……大変だな人気者も。好かれたり嫌われたり」

「ホントにね。辞められるなら辞めたいくらい」

そしてそのセリフは、冗談でもなんでもなく、至って純粋な本音のようだった。

でも普段の白姫は、それをおくびにも出さず、素知らぬ顔で日々を過ごしているのだ。

一方的な好意や勝手な期待どころか、時には理不尽な誹謗さえも、すべてを笑って一挙に受け入れるのが、今の白姫という人間。

『あたしはみんなに優しくありたいの。透衣くんがメゾンを継ぐって決めてるのと一緒で、それがあたしの意思なの』

俺には到底肯定できない生き様。周りからすれば良いヤツなのかもしれないけど、それってすごく、疲れそうだ。

「……もうこの話はおしまい。出る方法考えよっか。ごめんね？　巻き込んじゃって」

「は？　ごめんねって、俺は別に……」

と、白姫が立ち上がった時だった。

ゴッッ。

「……あっ！　危ない！」

「えっ……ひゃっ!?」

少しよろめいて、後ろに脚を踏んだ白姫の肘が棚に当たり、その上段に立て掛けられてあった古いバーベルシャフトの束が揺らいだ。

咄嗟に、白姫を抱きしめて無数の鉄の棒を躱す。その勢いのまま、傍にあった高跳の着地用マットの上に白姫が仰向けで倒れ、俺がその上に手をついて覆いかぶさった。

ガランガランガラン！

重なり合う二人。その横で喧しい大きな音が鳴る。それなのに俺達は、音なんて気にせずお互いの瞳から視線を逸らさなかった。突然近くなった白姫の美麗な顔や、触れたことのある艶やかな唇。勝手に喉元がゴクリと動いてしまった。

「……こ、これはその——」

「——ぁんっ……」

「えっ」

俺が手を退けようとした時に漏れた、彼女の色気のある嬌声。少し動かした俺の腕が、白姫の脇下を掠めたのだ。

その甘い白姫の喘ぎ声に、頭の中が真っ白になって、心臓が早鐘を打つ。

——そんな顔、すんのかよ。

ツンとしていたドS姫とは明らかに違う。白姫がとても魅力的に思えた。ただ彼女が綺麗だからというだけではない。もっと違う彼女のなにかに、俺は惹かれていた。

どく、どくと、鼓動するたびに視界が揺らぐ。

身体のラインを象る体操着。呼吸に合わせて膨らむ胸。少し捲れた裾から覗くウエストとへそ、そして白い肌。シャープな首筋から馥郁(ふくいく)たるバニラの香りがし、そして弱った瞳。

女性の上に立ったという優越感が、底知れぬ背徳感が、俺の背筋を駆ける。あんなに遠い存在だと思っていたのに、こんなにも簡単に触れられるのだ。

「ご、ごめ……」

「――いいよ」

「……え？」

俺の心の中を読むみたいに、白姫(しらひめ)は悪戯(いたずら)っぽく笑った。

白姫の右手が俺の後頭部、左手が俺の頬(ほお)や耳に触れる。

「いいよ……？　このまま、最後まで……いつかはすることだから――」

右手が、ふさり、と俺の髪を撫(な)でる。

「……ねっ♡」

左手は俺を擽(くすぐ)るように緩やかに首へとなぞり堕(お)ちる。誘うような挑発めいた笑みが、

――俺の口には合わなかった。

白姫の目は少しだけ濡(ぬ)れていて、手は震えている。

ただ自分の気持ちを押し殺して、相手の昂(たかぶ)りを仕方なく許しただけのことで、俺が悦(よろこ)んで抱くと思われているのが俺のプライドに触った。

「わかった。だったら目、瞑(つぶ)れよ」

白姫

「…………うん」

白姫は従順に言うことを聞く。こんなことで自分を捧げることが正しい選択じゃないことぐらい、俺じゃなくてもわかるはずだ。

「バーカ」

「痛っ……は？」

俺はその先へとは進まず、ただ白姫の額にピコンと一発デコピンを喰らわせた。

「俺はメゾンを継ぐんだよ。んな目先の快楽に足踏み入れるかっての。それにお前、手、震えてんじゃん」

「こ、これは……」

起き上がって指摘すると、白姫も起き上がって自分の手を握って震えを抑える。

「俺はお前の下僕なんじゃねえの？　なんでお前が下僕の言うこと聞いてんだよ。これじゃどっちがご主人様なのかわかんねえだろうが」

立ち上がって白姫の方を見ると、白姫はきょとんとして、小さくマットの上に座り込んでいた。

「お前さっき謝ってたけど、散々振り回しておいて今更そんなのいらねえから。それに、この状況に関しちゃお前は悪くねえ。どこの誰だか知んねえけど、お前に私情を押し付ける程度の低いヤツのせいだ。ほら」

俺が白姫に手を差し伸べると、白姫は「ありがとう」と俺の手を取って立ち上がった。

俺はそのまま握手の状態で話を続ける。

「はっきり言って、この世の全員に好かれようなんて無理だ。この嫌がらせの犯人に好かれるようなお前になったら、きっと他の誰かに嫌われる。百人いれば好みも考え方も色々違ってくるんだ。その百人全員の期待に応えるなんて無理なんだよ。このまま本来の自分を出さずに百人のために自分を変えてたら、いつか辻褄（つじつま）が合わなくなって本当に痛い目見るぞ。お前が性格悪いってのは、少なくとも俺だけは知ってんだ。だったらみんなには無理でも、俺にくらい自分の気持ちにまっすぐでいろよ。そのための下僕なんじゃねえの？こんなもん、俺の親父（おやじ）の無理に比べりゃ大したことねえし、俺でよけりゃ付き合ってやるよ。確かにお前はムカつくやつだけど、……それでも、おっきく括（くく）れば同じ被害者だろ」

「透衣（とうい）……くん……」

「こんな窮屈なところ、さっさと出んぞ」

「……うん！」

心做（な）しか、白姫の目に、少しだけ光が戻ったような気がした。やけに純粋な、その綺麗（きれい）な目に見つめられるのが妙に照れくさくて、目を逸（そ）らしたその時。

ガラッ——。

「リラ！　無事か!?」

ずっと開かずだった鉄の扉が、なぜだかあっさり開いたのだ。

そしてそこにいたのは、ヒーロー風間（かざま）だった。

「か、風間くん……？」

「ああ、よかった……ここにいたのか……」

俺たちはタイミングのいいような悪いような風間の登場で、繋（つな）いでいた手を離す。風間は散らかった倉庫を掻（か）き分けて、俺の方など見向きもせずに白姫（しらひめ）の方へ駆け寄る。

「もうすぐ昼休みが終わるのに、なかなか帰って来ないから心配で……探したよ」

風間は振り返ると俺を睨（にら）む。

「……おい、リラになにしようとしてた？」

「べ、別に……」

「とぼけるな、お前が閉じ込めたんだろ」

「はぁ？　自分も一緒に閉じ込められる奴（やつ）がどこにいるんだよ……」

風間はそれになにも言わず、気が済むまで俺を威嚇したあと、白姫に笑みを浮かべた。

「さあ、こんなやつはいいから、行こう、リラ」

「う、うん……？」

二人は倉庫の外へ出て、俺はその後を気まずい思いをしながらついていく。まざまざと見せつけられる二人の背中から視線を背けた。

「……にしても」

それはそうと、俺たちは一体、誰に、なぜ、どうやって、体育倉庫に閉じ込められていたのか、謎が頭の中を覆う。

閉じ込められたのが誰かの仕業だという痕跡もない。

「なんだったんだ……？」

と、俺が辺りを見渡していると、先を行ったはずの白姫がなぜか足早に戻ってきた。

「白姫？　行ったんじゃなかったのかよ。ったく、なにしに戻って、えっ――」

――ガターンッ！

そして、俺の背中が倉庫の鉄扉に激突する音が、体育館中に響き渡った。

白姫が俺を押さえつけて、キスをしたのだ。

「……ッかはッ！　ばっかおまえッ――」

決まった時間にするキスとは違うキスは、契約を交わした次の日の朝にされたあれ以来。

「いつか透衣(とうい)くんからしてくれるの、待ってるね？」

さっきの仕返しのつもりだろうか、白姫は歯の硬さを感じるくらいの力強いキスをした後に眉根を寄せ、挑戦的な笑みを浮かべた。

俺が返事をする間もなく、風間が体育館に戻ってきた。

「リラ!?　今すごい音したけど大丈夫!?」

「うん！　平気だよ！　戻ってこなくて良かったのに！」

「そ、そう？　いや、心配だったから……あ、忘れ物は？」

「済んだよ！」

「そ、そっか！　ならいいや。さ、行こ」

白姫（しらひめ）は風間（かざま）に、何も悟らせない笑顔を作って、もう一度俺の前から去った。風間に向けた笑顔のはずなのに、俺に何かを主張するような雰囲気が感じ取れた。

「なんのつもりだよ……」

厄介なヤツなのに、時々、白姫に親近感を覚えることがある。ほんの些細（ささい）な心の機微なはずなのに、それが俺には凄（すご）く違って見えて、S極とN極が入れ替わるみたいに、あいつに引き寄せられたり離れたりしてしまって、わからなくなる。

リラちゃんの質問コーナー♡

Cet amour vous convient-il ?

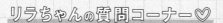

Q1
誕生日、血液型を教えてください。

A.9月30日生まれ、
血液型はA型です！

Q2
趣味はなんですか？

A.服とかコスメは好きかも！
あと韓ドラとかよく見ます！

Q3
自分のチャームポイントはどこですか？

A.この金色の髪かな？
あとモデルなので、スタイル維持は
頑張ってるつもりです！

Q4
好きな男の子のタイプを教えてください。

A.中身の部分で、尊敬できるところが
ある男の人は、なんかいいなって思います。

Q5
最後に、透衣くんに一言どうぞ。

A.透衣くん、今日もお勤めご苦労様！
明日も頑張ろうね！
……逃がさないぞ♡

Chapter 5. デート

小学校に入学して間もない頃、透衣(とうい)はいじめにあっていた。

『ぼ、僕も混ぜてよ……』

遊具の上の男子達(たち)を見上げて、幼き透衣は、涙で濡(ぬ)れた目を手の甲で拭っていた。

透衣は親の教育で、うんとたくさんの習い事へ通わされていたため、まったく同級生との交流ができなかった。たとえその合間を縫って友達(ともだち)の元へ行っても、そもそも透衣自身コミュニケーションが不得意なうえ、もう既に構築された友達関係の輪に透衣が入ることは更にハードルが高かった。

『独りぼっちはよせないよーだ！』

『ほら！　帰れ！』

『う、うわぁ！』

上から遊びに使っていたボールを投げられ、透衣はその場から追い払われてしまう。

『『あっはははは!!!!!!』』

晴天に響く子どもの無邪気で残酷な嘲笑(ちょうしょう)。遊びに混ぜて貰(もら)えなかった透衣は諦め、とぼとぼと、公園を去った。透衣はこの頃からいつも一人だったのだ。

だけど、そんな透衣にも唯一の楽しみがあった。

そうだ、こんな時は店に行こう。そうすればきっと、あの人に会える。

それが透衣の日課で、毎日の楽しみだったのだ。

透衣は帰っても誰もいない家ではなく、親の経営するメゾンという店に向かった。

店に到着し、透衣が上に手を伸ばしてドアノブを回し、扉を開くと、仕込み中のカミーユが入口のベルの音に気づいて、厨房（ちゅうぼう）から出てくる。

『透衣くん？　あらら、どしたの泣いて』

『カミーユさん……う、うぇえええん！』

『あぁほら、よしよし。またいじめられちゃったのかな……』

カミーユの温かい胸に抱きとめられる透衣。カミーユはただ優しく、透衣の小さな頭を繰り返し撫（な）でた。透衣はカミーユの胸の中の温（ぬく）もりが好きだった。

人の熱に溶かされ、透衣はようやく平静を取り戻した。

『もう大丈夫よ。ね？』

『……うん』

『よーし、今度同じことがあったらおばさんがその子達をとっちめてあげる！』

『え～……カミーユさん、負けちゃいそう……』

『あら、そんなことないわよ？　人は見かけによらないって言うでしょ？』

自分の話にあまり納得の言ってなさそうな透衣を見て、カミーユは『うーん……』と唸（うな）

る。少しすると手のひらに拳を乗せ、透衣（とうい）に笑顔で問いかけた。

『そだ！　透衣くん、デセール食べる？』

『デセール？』

『デセールはね。フランス語でデザートのことを言うの』

『デザート!?　食べる～！』

『透衣くんは甘いものが大好きだもんね。すぐ作るから、座って待っててね』

『うん！』

ぴったり泣き止（や）んだ透衣は、店のカウンター席の高い椅子に頑張って攀（よ）じ登（のぼ）り座ると、床に届かない足をぷらぷらと揺らしてデセールを楽しみに待った。

『はい、お待たせ！』

『わぁ！　……んえ、なに？　これ』

だが、透衣の目の前に現れたのは想像していたデザートからは程遠いものだった。小皿に乗ったそれはまるで猫にやるミルクにチョコパウダーをかけただけのようだった。

用意されたスプーンで、匂いからして恐らく牛乳だと思われるスープを掬（すく）うと、実はそれが液体ではなく、なにかがふやけた個体だと言うことに気づく。

『そのつぶつぶね、お米なんだよ？』

『お米～!?　デザートじゃなーい！』

透衣は出されたデセールにがっかりした。お米は飯だ。そしてお米と牛乳という、相性の悪そうなタッグも透衣の食欲を削いだ。その上チョコパウダー、それも米にだ。

透衣はスプーンで掬っては戻し、掬っては戻しを繰り返して、食べるかどうか、二の足を踏んでいた。

『騙されたと思って食べてみて？』

『えー、まずそう……』

『うえーん、おばさんせっかく頑張って作ったのになぁ』

透衣も子供ながらに、カミーユの頑張りを無下にするのは良心が傷み、『……はむっ！』と、思い切ってそのデセールを口に含む。

『……おいしい!?　なにこれ～！』

ひんやりと冷たい牛乳が米によく染み混んでいて、咀嚼と同時に口の中でふんわり溶け出す砂糖とチョコの甘さ、甘いものが好きな透衣の口にとてもよく合った。

『でしょ？　よかったぁ。それはね、私が生まれ育った故郷のデザートなんだよ？　日本じゃ考えられないでしょ？』

『うん！　すごくびっくり！』

カミーユは、夢中でデザートに手をつけている透衣を見て、朗らかに目元を緩ませた。

『料理は表面だけで見てもなにも分からない。食べて味わって、初めて料理のすべてを知るの。人もそれと一緒で、見た目だけでどんな人か判断しちゃダメだよね。透衣（とうい）くんがちゃんと食べて味わってくれて、おばさん嬉（うれ）しいな』

子供の透衣には、カミーユの言葉の意味がよくわからず、その話を聞き流して別のことを聞いた。

『これ、なんて言うデザートなの？』

『それはね――』

――

「――なみッ！　君波（きみなみ）ッ!!」

目が覚めた。そう言えば今は日本史の授業中だった。

「いっつも授業中に居眠りばっかりしやがって、やる気あるのか？」

この前ピアスにブチギレてきた先公、近藤（こんどう）だ。

やる気ってのはやりてえことに出すもんだ。俺は将来シェフになるんだぞ？　過去の人間がああだこうだなんて俺の将来に関係ねえ。俺が見てるのは過去じゃなくて未来！　うわあ、かっけえ俺……好き……。

「あ？　うるせ――」

と、口答えするすんでのところで俺は思いとどまった。

気づいてしまったのだ。俺の手元にあるノートにするはずの、ドS姫に任された板書の書き写しがまだ途中だということ、そして、教室の真ん中に位置する席からドS姫が俺の方に目を光らせているということに。

「す、すみませんでした……」

「ん、いやに素直だな……まあいい。次に寝たら許さんからな……」

俺は過去に浸っているうちに進んでしまった現代の時間を取り返すように、黒板の内容をノートに書き写す。

死に物狂いでペンを走らせ、自分の頭に転写した場所を書き写し終え次の項目に進もうと黒板に顔を上げた時、ふとさっきの夢に出てきた、懐かしい人の顔が頭に過（よぎ）った。

それにしても、なんで今更あんな夢見たんだろ。

◇

「あっ……もっと……もっと強く……」

「強く……？　こ、こう……？　気持ちいい？」

「そう……う、っん……気持ちいい……男の子の力、やばぁ……♡」

S姫の仰せのままに、俺は華奢で柔らかな身体を揉みしだく。手先を動かす度に身を捩り快楽に溺れる彼女の姿は色っぽくて……。

「お前……肩揉んでやってるくらいで変な声出すなよ……」

俺がドS姫の言いつけを良い子に守り、いつもの旧校舎に来ていた昼休み。用があると言って呼び出されたのだが、白姫はここに来てそうそう「肩を揉め」と言い出した。そういうわけで今、マッサージしてやっている。

「そんなこと言ったってね。出るもんは出っ……んっ……♡」

乱れる校内一の優等生。本当に肩揉んでるだけなんだけど。

「ふぅ～……あ、肩もういいよ、ありがとう」

「はいよ……」

白姫からのお許しをいただき、俺もようやく手を止めることが出来た。はぁ、やっと終わったぜ。このまま白姫の生々しい声聞くのもなんか、あれだったし……。

「んで？　こんだけのために呼び出したのかよ」

「まさか、違うよ」

白姫は軽くなったであろう肩を回しながら聞いてきた。

「明日暇？」

「はぁ？　お前……明日っつったら土曜日だろ……学校ねえじゃん」

「そうだよ？　だから暇かって聞いてるの」

綺麗(きれい)な爪を気にしながらいつもの平然とした顔で同じ質問をしてくる白姫。

まためんどくせえ仕事させられるに違いねえ……。土曜まで雑用なんてごめんだ！

「ひ、暇じゃねえよ……」

「嘘(うそ)だね」

「嘘じゃねえよ。ホントに忙しくて――」

「嘘ついたら針千本飲～ます」

「……しゅ、出勤までなら」

白姫の鋭利な口調に俺は肩を竦(すく)めた。こいつ本当に飲ませそうだもんな……。

「よろしい！」

白姫は降参した俺に、にべもなく端的に要件を言葉にした。

「明日さ、あたしとデートだから、よろしくね」

「……デート？」

　その甘酸っぱい響きに鳥肌が立つ。

「で、デートって……あの男と女が二人で出掛けるあのデート？」

「パパがそうしたら？　ってね。学校だけじゃ時間足りないだろうから、せっかくの休みだし、もっと仲を深めて来なさいってさ」

白姫は是非もなしと言いたげに、苦笑いを浮かべてそう理由を付ける。

なるほど、まあ訳は理解出来る。あのいい人そうなおっさんが考えそうなことだ。

だけど、デート？　い～や、違うね。聞こえのいいこと言ってるけど、実際はそんなに愉快な話じゃない。きっとこいつと二人で出掛けるなんて、またあれこれ使われて、散々振り回されるだけだってのは目に見えてる。

「……い、嫌だ！　なんだって俺がお前なんかとデートを――ぶべぇッ」

とても女子のものとは思えない握力で白姫に顎を掴まれ、俺の頬が潰れる。

「行くよね♡」

◇

約束の日、俺は待ち合わせ場所である、メゾンの近くの大型商業施設の中に立つ、からくり仕掛けのモニュメント時計台の前に向かっていた。

時計台の針は、大体あいつが指定した午前十一時の五分前を指していた。

なんとなくいる気がして、その時計台の裏側に回ってみると、やはりそこにはＳ姫が佇んでいた。待ち合わせ時間前に着いていそうという、勝手な思い込みの通りだったようだ。

「わり、待たせたか？」

「え、ああ……へー、一瞬わかんなかった。学校じゃ目立つけど、街に出てみると案外透衣くんも馴染むね」

古着屋で買ったよくわからないけど可愛い黒のバンドTを、下のデニムのワイドパンツにイン。靴はスポーツブランドの白を基調とした厚底スニーカー。別に普通だ。

「うるせ。そういうお前は……」

制服、ドレスは見てきたが、私服は初めて見た。

黒のキャミソールに白いオーバーサイズの長袖シャツを羽織り、パンツはダメージの入った藍色のデニムスキニー。茶のサンダルを履いている。

上手く言えないがメイクも少しだけ張り切っている感じがする。よく見るとヘアアレンジもしてある。ツヤ感のある巻き髪をハーフアップでまとめている。あとは斜めがけの黒いメッセンジャーバッグがハイブランドなのがお嬢様って感じ。

「……なに？」

「いや……お前そんなに粧し込んでどうしたんだ？」

ガクッ、と膝関節から崩れる白姫。嘆息して俺を睨む。

「曲がりなりにもデートなんだから多少頑張ってやったんでしょうが！　もっと素直に褒めらんないの？」

「はぁ……？　ちょ、あ、おい！　置いてくなよ！」

ぷんっ！　と鼻息荒く先を歩いて行った白姫（しらひめ）に、俺は汗を垂らしてついて行くしかなかった。女心って難しい。

◇

まず映画館に連れて来られた。黙ってじっとしていればとりあえず二時間は潰れるから、というとても婚約者とのデートプランだとは思えない理由で決めたらしい。

「さっ……なんでもいいけど、なんか見たいのある？」

壁に貼られたポスターの前で、投げやりに白姫が聞いてきた。

「えー……じゃあこれかな。最近流行（はや）ってるんだよこのアニメ映画。今度一人で見に来るつもりだったんだけど、ちょうどいいし今――」

「あー、あたしアニメ興味ないから」

「なんでもよくねえじゃん……」

俺はうんざりしつつ、ため息混じりにご主人様に決定権を譲る。

「じゃあお前はどれがいいんだよ？」

「あたしならこれ」

白姫が迷いなく指さしたのは物騒なホラー映画だった。

「え、お前マジ……こういうの好きなんだ……可愛くねえな……」

「なに、怖いの無理系なの？　その見た目で？」

「いや別に……ただちょっと俺の口には合わねえかな～……おい見た目関係ねえだろ！」

「あたしの友達こういうの苦手な子ばかりだから、見に行けないいんだよねー。ほら、映画館一人で行くとか、ないじゃんね」

「ハハハ、一人でしか行ったことねえよ悪かったな。上等だボケ、おめーがチビらねえように一緒に見てやるよ」

俺がこんだけ気遣ってやってんのに、こいつの俺へのデリカシーの無さときたらもう。ちょうど上映直前だったので、売店でポップコーンとそれぞれのドリンクを買うことにした。カウンターにて、「ご注文は？」と、店員。

「ポップコーンさ、小さいの一つを二人で食べよ。どうせ完食できないし。あとあたしアイスティー。ミルクでね」

「はあ、じゃあアイスティーのミルクとコーラとポップコーン、味はキャラメルで」

「あ、ポップコーン塩バターでお願いします」

「はあ!?　何勝手に割り込んでんだよ！　俺は甘いのがいいんだ！　映画選ばせてやったんだからポップコーンの味くらい選ばせろ！　俺は絶対キャラメ――あぁッ！」

強行突破を試みた瞬間、白姫はサンダルのヒールで思いっきり俺のつま先を踏みつけてきた。

「い、いてて！　塩で！　塩にしてくださいどうか！　人助けだと思って急いで！　ていうかもういっそこいつに塩撒いてぇ……」

「は、はい……た、ただいますぐに用意しますので……」

塩バターのポップコーンを用意して助けてくれた店員の憐れむような目を背中に受けながら、俺達はさっさと劇場内に入った。

◇

「……びびり」

「うるせえ！」

映画も終わり、バカにしてくる白姫を振り切るように早歩きで館内を後にした。

怖くて手で顔塞いでたから、自分の手相しか見てない。

ちなみに白姫はどうってことなさそうに、むしろ怖がる俺を面白がって、途中、「今見てほら、怖いシーンだよ」と、無理やり俺の顔から手を引き剥がそうとしてきた。そのドSっぷりときたらホラー映画よりホラーだった。

「次どうしよっか。そだ、服でも見る？」

白姫が提案してくる。もう既に精神的にも肉体的にも疲労している俺は、不機嫌を隠さない顔で言う。

「別に、買いたいもんとかねえし……」

「……じゃあご飯？　そう言えばポップコーンしか食べてないし」

「帰って家で食えばいいだろ。俺が作った方がうめーよ」

「あのね？　これ、デート。わかる？」

「な～にがデートだよこのＤＶドＳおんッッッ――んふぅ……」

腹パン一発。

「デート、だよね♡」

「ソウ……デス……」

結局暴力に逆らえなかった俺が謝った後、白姫が次の目的を飯に決め、連絡路を渡って飲食街の棟に移った。高低差のあるカラフルな建物が幾つもくっつく一つの集落のような外観の商業施設。三階建てで、路地風のエリア内には飲食店以外にも、雑貨屋、アミューズメント系の施設などなど、バラエティに富んだ店がたくさんある。

「なにか食べたいものとかある？」

「はぁ？　んじゃあ……あそこの中華とか」

「あー、あたし中華嫌い」

「じゃあそこのステーキとか」

「量多そう。大きな料理苦手なんだよね」

すご、こいつ苦手とか嫌いとか多すぎるだろ。もうそのうち『あたし、今のこの世界嫌いなんだよね』とか世界征服前のラスボスみたいなこと言いそうで恐え。

「もうなんでもいいから勝手にしてくんね……？」

「なによ……感じ悪ッ。じゃあここかなぁ」

俺がため息をついた後、白姫が先陣を切って入っていったのは、

「カフェ……昼飯じゃねえのかよ……」

「なんでもいいって言ったじゃん」

俺の文句を無視してメニュー表に手を伸ばす白姫。

「んじゃ、あたしあんみつパフェにしよ～っと。ここパフェで人気なんだよね」

「はあ。じゃあ俺このイチゴパフェにしよっと」

「あ、それもいいねぇ。なんか両方食べたくなっちゃう。そうだ！　イチゴの方半分ちょうだいよ！　あんみつ半分あげるし！」

「は？　俺あんこ嫌いだし……」

「へえ、甘いのに？　ていうかシェフとして食べ物の好き嫌いってどうなの」

「あんこは嫌いだ。あの重くて口にねっとり残る感じが口に合わねえ……好き嫌いはしょ

うがねえだろ、人間なんだから」

「甘ければなんでもいいわけじゃないんだ……そっか、ならあたしが代わりにあんみつパフェ全部食べてあげるから、イチゴパフェ、半分ちょうだいね」

それ結局俺がパフェ半分強奪されるだけじゃん。なにちょっと気ぃ利かせた代案みたいに言ってんのこいつ？　今のでなにが解決されたんだよ？

だが元より俺に拒否権はない。昼飯という名目で入ったのに、結局俺がカフェで食したのはパフェ半分だった。しかも最初に取り皿で上から半分持っていかれて、俺が食べたのは八割生クリームとコーンフレークだった。少食っつってたじゃん。食い意地張るなよ。

雰囲気は最悪。それ以降特になにか会話することなく昼食を済ませ、会計は「いくら下僕でも、流石（さすが）に金銭は払わせたりしないから」と、白姫が一線引いて、しっかり割り勘で店を出た。うん、だったら俺のパフェ代、半額でいいはずなんだが？

また路地に戻ってきたところで、白姫が同じように行き先を迷いはじめた。もう俺はなにも言うまい。もともと俺に決定権ねえし。

「はあ、もうやることないし……おーい、透衣（とうい）くーん、男なら少しはエスコートしてよ～」

さすがの俺も「知らねえよ……」と頭に血が上る。

「……え、なに怒ってんの？」

白姫も俺の態度を感知したのか、様子を指摘してくる。

「もう俺に聞くなよ。どうせお前が決めんだからさ。嫌々付き合わされてんのにあれ嫌だこれ嫌だって否定ばっかり。もううんざりなんだよ」

「はぁ？　嫌々はお互い様でしょ？　なんでもかんでも口に合わないって、あたしだって婚約さえなければキミとこんな所まで来てないっての」

「だったら今すぐ婚約解消しろ！　それで済む話だろ！　なんでお前まで俺に付き合ってやってる感じ出すんだよ！　付き合ってやってんのはこっちだ！」

「だから、あたしだけの問題じゃないって言ってるでしょ？」

自然と大きな声で言うと、白姫（しらひめ）の語気も荒くなる。

「どこまで自己中なの？　信じらんない！」

「そりゃおめーだろ！　今日一日一個でも俺がやりてえことできたのか！」

「無いとかなんでもとか言ったじゃん！」

「おめーが無理無理言うからだろ！」

「「ぐぬぬぬ……」」

一歩も引かない言い合いに睨（にら）み合っていると、周りの目が集まっていることに気づく。

「あっ……ち、ちょっとこっち……」

「は？　お、おいちょ……」

白姫に引っ張られて路地裏を抜け、港に隣接するウッドデッキに出る。半島部分に建つ半楕円型のホテルの全貌や停泊する大きな遊覧船が浮かぶ港の景色を一望できるのだが、それどころではない。

でたー、ご機嫌ナナメモード。ま、今回のは俺も頭きてっけど。

なんだかんだ言ってても、逆らわなかった俺のお陰で均衡が保たれていたわけで、俺がこうやって反抗すると、またぶつかり合うことになってしまった。

でも俺、間違ってねえし。

「……あんたのせいで目立ってた」

なんだよこいつ、俺の前ではただの駄々こね女のくせに、人目ばっかり一丁前に気にしやがって。大体こいつ、ワガママ嫌いなんじゃねえのかよ。ワガママばっかりじゃん。

「俺はなんも悪くねえ」

「……最悪、やっぱりこんな不良と仲良くなんて無理。ありえない」

あのS姫から出たものだとは思えないほど大きくて不躾なため息とともに、「ちょっと休憩……」と白姫はデッキの手すりに体重を預け、遠い目で景色を眺め始めた。

「おい、下僕」

ぎろりと鋭い目が細くこちらを睨む。

「ミルクティー」

「偉っそうに……」

「わかってるよね？　自分の立場」

ちくしょう……。

ずしんずしんと大袈裟に足音を立て、俺はウッドデッキを後にした。

店のじゃ値が張るし、自販機を探して適当にほっつき歩いていると、敷地の突き当たりに出てしまった。これ以上先はないか、と引き返す前に目に入るのは、街を一望出来る観覧車だった。乗り口には家族やカップルの人の列が出来ていた。


「パパ、ママ！　楽しみだね！」

「そうね。おうち見えるかなー？」

「ははは、どうだろうね」


「私、こんなに楽しいデート初めて！」

「そうかい？　喜んでもらえてよかったよ」


当然、観光施設であるここには、その場を楽しみに来ている人ばかりで、俺達みたいに口争いなんてしている人は見当たらない。きっとお互いがお互いのことを想い合っている。

それに比べて俺たちは、いがみ合ってばっかり。

頭が冷えて、自分達が憐(あわ)れに思えた。俺がそこにいる彼ら彼女らに向けているのは、羨みの感情以外のなにものでもない。

結局ゲームセンターの中にあった自販機で買ったミルクティーを持って、さっきのデッキに出る小道に入ると、奥で白姫(しらひめ)が誰かと話しているのがわかる。……いや、あいつ。

「……白姫」

「と、透衣(とうい)くん……」

俺が白姫を呼ぶと、横にいた背の高いマッシュヘアの男が振り返り、俺の姿を認識する。そして、俺を睨(にら)む。ヒーローの登場に、ヴィランの俺は後ずさる。

「なんでお前がこんなところにいるんだよ……風間(かざま)」

風間は得意気に前髪を払い、俺の前に立ち塞がって白姫を守る。

「たまたまクラスの奴(やつ)らと遊びに来てみたら、リラとお前がいたんだ。仲が良(い)いならわかる。でも二人はなんだか言い合いしてて、リラはとても楽しそうには見えなかった。それでこっちに誘ってたんだよ」

風間は白姫の顔を覗(のぞ)き込(こ)む。

「リラ、もう大丈夫」

「えっと……うん、ありがとう。でも気持ちだけで——」

「君波(きみなみ)お前、本当最低なんだな。ただでさえ、自分が良ければそれでよくて、周りの人間を傷つけるそういう不良なのに、構ってくれているリラのことまで自分の都合で傷つけるのか。有り得ない。そりゃあクラスでも孤立するよ」

「な、なんでお前にそこまで言われなきゃ……」

いつもみたいに跳ね返せたらいいのに、今に限ってなぜか言い返せなかった。

風間(かざま)は俺にはない優しさで、白姫(しらひめ)の肩に手を置いて続けた。

「もういいよリラ。リラは優しすぎる。こんなの相手に、それでも悪い奴(やつ)じゃないなんて庇(かば)い続けて、でもそれじゃあリラが傷つく一方だ。もう全部終わりにしよう。不良のことなんて放っておいて、俺達(たち)のところに来なよ」

「えっ……？」

「そっちの方がいいでしょ。他のみんなも来てるよ。今から北のショッピングモールの方に移動するところなんだ。なにが理由かは知らないけど、不良に時間を割くなんてもったいない。こっちの方がずっと楽しいよ」

「で、でも……」

「味方したって、こいつは一生『俺は悪くない』って、自分本位なままだよ。こっちで不良のことなんて忘れよう。――変わらないよ、こいつは」

風間の言葉がずく、と胸を貫く。俺は小さなピアスに触れて気を紛らわせた。

いつか言い負かした風間から喰(く)らう盛大なしっぺ返し。ずっと勝手に下だと見下していた風間に負けそうだ。いや、上下で言えば俺の方がずっと下の人種だったのだ。

そんな事実に首を振って、なんとか白姫をここに留める方法を考える。

このまま俺が白姫に行くことを許せば、白姫はきっと、風間の方へ行ってしまう。もう白姫の性格はわかっている。俺にはともかく、白姫は誰にでも優しく、来るものを拒まない、否、拒めない女子なのだ。

『料理は表面だけで見てもなにも分からない。食べて味わって、初めて料理のすべてを知るの。人もそれと一緒で、見た目だけでどんな人か判断しちゃダメだよね』

——そうか、あれって……。

「……白姫、ごめん」

「透衣くん……？」

俺が声をかけると、白姫は俺の名を呼んでこちらを向く。

「君波……今更なんなんだ！」

「風間に言われる筋合いはねえ。でも、お前の言ってることはもっともだと思った」

風間が面倒くさそうに頭を掻いた。俺は風間に目を向けず、白姫に話をした。

「ごめん、白姫。せっかくの休みなのに、喧嘩とかふっかけて。自分ばっかりで、白姫がなに考えてるかとか、どうしてほしいとか、全然見てなかったし、わかろうとしてなかった。多分、ていうか絶対、楽しくなかったと思う」

「自己中心的なただのクズだな」

風間が話に水を差すが、それでも俺は真っ直ぐ、白姫だけを見据えた。

自分を貫くこと、それはきっと今もこれからも、俺の中でなによりも正しくて逆転することのないことだ。

だけど、俺は俺ばかりを大事にして、白姫の事情や心情をまったく顧みなかった。自分を貫くのではなく、自分を誰かに押し付けてしまっていたのだ。それは俺が今まで受けてきた扱いと変わらない愚行だ。それこそ、あの大バカ親父と同じことをしている。

それで俺と白姫の自分と自分がぶつかりあったって、そりゃ今日のデートだって上手くいくわけがない。

「ここまで白姫を困らせちまったんだ。お前に俺が『そっちに行くな』なんて偉そうなことは言えねえ。そんな立場じゃねえことは、俺だってわかってる」

白姫にはそうしていてほしいという一縷の望みをかけて、思いを言葉に乗せる。

「だから白姫が今からどうするかは、俺やこいつじゃなくて白姫が決めていいことだ。どっちか決めて、どっちか捨ててくれ。もし白姫が俺を許してくれるなら、もう白姫を困らせたりしない。全力で楽しませるし、尽くせるだけ尽くすから」

白姫はきっと、ずっと誰かのために生きてきたのだ。それが当たり前で、それこそが正義だったのだ。

そんな白姫相手に俺はどうすべきか。体育倉庫の一件の時、俺自身も言っていたことだ。

「……嫌なら嫌って言えばいいから」

俺は、俺くらいは、彼女のワガママを受け入れてあげるべきなのではないだろうか。

見たい映画や食べたい味くらい、選ばせてやればよかった。行き先を提案してくれたんなら、それに付き合ってやればよかった。苦手なもの嫌いなものがあるなら、好きなものを聞いてあげればよかった。

俺自身は自分の嫌を主張し、それが受け入れられないことに不満を抱くくせに、いざ自分が拒否された時、その相手の拒否を受け入れなかったのだから、きっと俺は、白姫や風間の言う通りただの自己中でワガママな男だった。

だけど俺の店を継ぎたいって意思だけは、ワガママじゃなく意思のはずだ。その正しさを説くのなら、俺は彼女の正当な『嫌』を知って受け入れてあげるべきだったのだ。

「ごめんな、白姫。俺が悪かった」

俺は白姫に深々と頭を下げた。不意に港に潮風が吹き、清々（すがすが）しく熱くなった頬（ほお）を冷ますように撫（な）でる。

「ううん、ありがとう」

白姫の可愛（かわい）い声で返事が返ってくる。俺はそれに反応して頭を上げ、白姫の方を見た。

すると白姫は風間から離れ、俺の方へ歩くと、俺の手に持っていたミルクティーを取り上げ、振り返ってから芯のある声で風間（かざま）に伝える。

「あたし、やっぱりこの人に付いて行きたいから、ごめんなさい」

「ちょ、リラ？　なんでこんな男に固執するんだ。この男と一緒にいてもリラは幸せになれない！　不良なんだぞ！」

　風間の言葉にだんだん熱がこもる。

　だけどそれに対し、白姫（しらひめ）は一言だけ言い放った。

「うん、それでもいいよ。だって、あたしが決めたことなんだもん！」

　白姫の顔に、自然な微笑（ほほえ）みが浮かぶ。ずっとどこか様になっていなかった白姫の短い髪が、今は彼女が浮かべた笑みによく映える。

「……行こっか」

　白姫が俺の手を引き、俺たち二人はデッキから離れた。

「……こっち、来てくれてありがとな」

　白姫に行く先を委ねながら言うと、白姫の手の握る力が強く伝わった。

「別に……消去法だし」

　そう冷たくあしらう白姫の口の端は、少しだけ上を向いていた。

◇

俺の提案で、さっきミルクティーを買うために入ったゲームセンターに寄った。楽しんでもらうために俺が身を入れてプレゼンできるのなんて、これくらいだ。友達（ともだち）がいた中学の頃はゲーセンによく行ったものだ。

「なにするの？」

「そうだな……あれとか？」

とりあえずシューティングゲームに誘った。やった事無いだろうし、最初から『面白くないじゃん』なんて門前払いはされないとみた。

「百円も俺出すし」

「随分改心したんだね」

「なっ……ったくうるせえなぁ。そっとしといてくれよ」

俺が口を尖（とが）らせると、透き通る声でクスクスと笑う白姫。それでも否定したりせずに快く遊んでくれた。

襲い掛かってくるゾンビを手元のハンドガンで次々に打ち倒していくゲーム。ゴールまで辿（たど）り着（つ）くか、ゾンビに食べられてしまうかのサバイバルゲームだ。

で、終わってみれば、

「ふぃ～、やっぱ気持ち良（い）いなぁー、このゲーム」

「面白くない！　あたしだけすぐ死んじゃったし、透衣くんがゴールしただけじゃん」

「……はいはい、すみませんね」

と、滅多刺しの評価。まあそうか、女の子はこういうゲーム、好きじゃないか。

そうだ、白姫の言うことを聞いてやるんだったな。だったら白姫がなにしたいかを優先して動けばいい。

「じゃあ、お前はなにしたいんだよ」

「うーん、ならあれやろうよ！」

「おお、あれだな……よし……」

今度こそはと、白姫が指差したエアホッケーをプレイ。しかし結果は……。

「透衣くん弱すぎ〜。相手にならない」

「お前が強すぎんだよ多分……」

白姫の反射神経は尋常ではなく、俺は防戦一方。ゴール前をマレットで守るしかできない俺に畳み掛ける白姫が無失点で五点取るという、強豪対弱小みたいな結果に終わった。

こんなんまで出来んのかよ……どこまでS級なんだよ。

「つ、次！　お前なにやりたい！」

「ええ？　うーん……あ！　ヌヌーちゅだ！　可愛いよね！　ヌヌーちゅ！」

「ふーん……」

なんやなんやと見てみると、最近人気のテディベア『ヌヌーちゅ』のビッグぬいぐるみが、クレーンゲームの筐体(きょうたい)の中のボールプールに寝そべっていた。

「UFOキャッチャーか、これが欲しいのか？」

「え？　い、いや気になっただけで……」

「よしわかった、俺が取ってやるよ」

と、俺は白姫の遠慮を無視して百円を投入する。

別にクレーンゲームが得意なわけではないけれど、姫が求めているとあらば、やるしかないのが下僕の宿命ってもんよ。はぁ……下僕の立場に慣れてきた自分が悲しい。

「ま、案外すぐ取れたりしてな……あっ」

しかしそう甘くはない。ヌヌーちゅを持ち上げたアームが頂点に達した衝撃で、ヌヌーちゅはアームをすり抜けてあえなく落下。

「……ごめん」

「いやいや、全然」

いやまあね、百円で取れるとは思ってませんよ俺も。

そして続けてプレーするものの、ヌヌーちゅがアームから逃げてしまう。

「と、透衣くん？　もういいよ……」

「え、いや待って。取れるから。わ、わかってねーなぁ、白姫は。こういうのはな、地道に寄せていくゲームなんだよ」

「うーん……」

そうしてまた百円を投入。なにやってんだろ、俺。

遂（つい）にヌヌーちゅを掴（つか）むことすら出来なかった。

「くっそ……なんで……」

それから時と百円は流れ……プレイすること三千円とかそこら辺。気づけば白姫（しらひめ）は飽きてしまったのか、他の筐体（きょうたい）に移動していた。

「あの……」

「待てよ、もう取れるから——え、あ、はい」

しばらくして声をかけてきたのは、白姫ではなくこのゲーセンのスタッフだった。

「よろしければアシストとか……」

「アシスト……？」

「あ、はい……お客様、かなり苦戦されているようなので……こちらで景品を取りやすい位置に置かせていただこうかと……」

あぁ、恥ずかしい……見栄（みえ）張って取ってやるとか言わなきゃ良かった……。

「そ、それともご自分で取られますか？」

「いや、お願い……します……」

「はい……」

結局、ヌヌーちゅは獲得口のシールドに引っ掛ける形で、ほぼ触るだけで落ちるような位置に店員さんに置いてもらった。

そして百円を入れる。ヌヌーちゅは掴まずとも、アームが少し触れただけで取り出し口に落ちた。

「おめでとうございます！」

「……はい」

アシストしてくれた店員さんに拍手され、自分の情けなさをひしひしと感じながら、ヌヌーちゅを迎えると、白姫がちょうどそばに来た。どうやらアシストしてもらう一連の流れを見られていたようだった。

「……ほらよ」

俺がヌヌーちゅを渡すと、逡巡して俺とヌヌーちゅの顔を交互に見る白姫。

「本当にいいの？」

「貰ってくんねえと俺がバカみてえじゃん」

「……ありがとう！　大事にするね」

「うん……」

すごく気を遣わせている気がして、悔しかった。俺が楽しませるはずなのに、やっぱり白姫(しらひめ)が俺を気にかけて、俺が白姫に迷惑をかける構図は変わらないままだった。

　額の変な汗を手の甲で拭うと、ヌヌーちゅをあざとく抱きかかえた白姫は、何故(なぜ)かそれを微笑(ほほえ)ましそうに見てくる。

「なんだよ……」

「いや？　なんでも。そろそろ出る？」

　確かにこれ以上ここにいても仕方がなさそうだ。そもそもゲームセンターという選択が間違っている可能性もある。時間もそろそろ日が暮れる頃になってきたので、虚(むな)しくもゲーセンを出た。

　何も成し遂げられていないことに内心落ち込んでいると、白姫は横で、口に手を当てて何かを考える仕草を取っていた。

「……ねえ、まだ時間ある？」

「え？　あぁまぁ、一箇所ぐらいならまだ回れるけど」

　白姫は俺の予定を聞いて頷(うなず)くと、「なら」と、代わりに提案してくれた。

「一箇所、行きたいところがあるんだけど、いいかな？」

◇

数人の列に並んで待って、順番がくるとクルーの案内でゲートを潜り、鉄の階段を上る。

俺と白姫は、観覧車に乗り込んだ。

「観覧車、乗りたかったのか？」

席に座った俺が聞くと、向かい側の席に座った白姫は、俺を真っ直ぐに見る。

「いや、透衣くんと二人きりで話がしたくて」

窓の外に目を逸らすが、観覧車の景色はまだ序章。ここから十分ほど乗車時間がある。

「実はね、透衣くん！　じゃーん！　見てこれ！」

白姫はヌヌーちゅの大きなぬいぐるみを自分の隣に座らせて、自分の鞄のポッケを開くと、なにやら小物を俺にくれた。

「……え、これ、ヌヌーちゅじゃん」

「そう！　ふふ、ちっちゃくて可愛いでしょ！」

俺のあげたヌヌーちゅではないが、小さなヌヌーちゅのぬいぐるみ付きキーホルダーだったのだ。

「実は透衣くんが頑張ってる間に、内緒であたしも取ってたんだ！　それ、あげるね」

「で、でも……」

「貰ってよ。今日、すごく楽しかったから……そのお礼」

「嘘つけ……」

　さすがにこんなデートを楽しかったなんてお世辞には無理があるだろ、と、愛想笑いを確認するつもりで白姫の方に目を戻す。だけど白姫は、柔らかく微笑んで首を横に振った。どんな時でも完璧に笑ってみせる白姫の愛想にしては、ぎこちなく、照れ混じりに見えた。

「……ホントだよ。すごく楽しかった、喧嘩しちゃったのはあれだけど、それでも、こんなにあたしのやりたい事だけを優先して遊んだことなんてなかったから、今日一日透衣くんがあたしのためにしてくれたこと、全部嬉しかったんだ」

「でも、なにもうまくいってねえ」

「違うよ、気持ちが嬉しいんだよ」

　今度は白姫が窓の向こうに目をやる。少しずつ、でも着実に空に近づくゴンドラ。さっきまで並んでいた列を既に見下ろすことができた。

「あたし、ワガママが嫌いって言ってたでしょ」

「……そうだな」

「でもね、あたしにもワガママがないわけじゃないの。本当はこうしたいなって、本当はこう言いたいなって、本当はこれが好きだって……そういう気持ちはある。でも、それを誰かに言うのは自重してる」

「そう見えてるよ」

「……だけど、透衣くんには、違うでしょ？」

「うん」

「高台でのこと、やけになってたし、ダメもとだったんだよ。脅してあたしの言うこと聞けなんて無茶苦茶(むちゃくちゃ)なこと、自分でも信じられないくらい酷(ひど)いやり方だなって思う」

「……」

「それでも透衣くんは、仕方ないって、あたしの言う通りにしてくれる。あたしがどんなことを頼んでもやってくれるし、どんなワガママも聞いてくれる。普段ワガママ言わないようにしてるあたしにしてみれば、実はそれがちょっと心地よかった」

「白姫……？」

　俺の中で、一気に白姫という人間の解像度が上がった。ふと漏らすような態度からなんとか掠(かす)め取(と)って察するしかできなかった白姫の本当の顔が、今、本人の言葉で鮮明に映り始める。

　知れば、こんなに違うんだ。

「ちょっとだけ、だよ」

　そうやって本当の顔ではにかむ白姫は、いつもよりずっと可愛(かわい)くて、綺麗(きれい)で、蔑(ないがし)ろにしてしまったら一瞬で消えてしまいそうなほど、儚(はかな)かった。

「ねえ、透衣くん」

　そして白姫は、何故(なぜ)か向かい側から立ち上がり俺の横に移動して座る。

「えっ、なに……」

　狭いとはいえ、二人が余裕を持って座るためのスペースは充分ある。それなのに白姫は俺の肩にピッタリと身を委ねる。

　頂上は近い。外で夕焼けに照らされた港の海は真っ赤に染まる。その温かい色も相まって、胸の中もなんだか火照りだす。

「し、白姫？　なにする気だよ」

「もうすぐ頂上だから……」

　白姫はそう言って、……自分の鞄をまさぐりだした。

「え、なに？」

　俺が想像してた行動とは少しズレていたので、思わず二度同じ質問をしてしまった。

　白姫は至って普通に、自分のスマホを取り出した。

「写真撮ろ？」

「…………写真？」

「そう、元々パパに仲良くなりなさいって言われて来たデートだったでしょ？　仲良しだよって証拠、パパに送ってあげないとなの」

「……あぁ、なんだ……別にいいけどさ……」

　俺の動揺なんて露知らず、白姫は慣れた手つきでスマホのノーマルカメラを開く。

「はい、笑って！」

縦向きの画角に俺達の姿と、背景に頂上の景色を収め、白姫はそう言った。しかし笑えと言われても、笑えない。元々そういうのが苦手なのもあるけど、さっきまで真剣な話をしてたわけだし。

「ほら、笑え！　はぁ、もうこれでいいや」

「ぐい……おいぃ……」

白姫は俺の両頬を片手で下から押し上げるようにして、無理やり俺の口角を上げる。

「はい、チーズ！」

カシャッ、とシャッター音がなって、俺達のツーショットが完成する。

「ま、これくらい距離感近ければ、見ようによっちゃ仲良くも見えるでしょ。とりあえずこの写真、パパに送っておくね」

「お、おう……」

「今日、付き合ってくれてホントにありがとう」

「いいよ、別に」

「あ、そういえばさ」

白姫は隣に座ったまま、なにやらにんまりした顔で俺の方を覗き込む。

「隣座った時、キスでもされるんじゃないか、って……思ったでしょ」

「は？　……い、いや？　んなこと――」

チュッ――。

図星で誤魔化そうとしたその時に、白姫はそうさせまいとするように、俺に口付けをした。

「なっ……お前……」

俯いた俺の顔を覗き込む体勢から、下から掬い上げるようにキスをしてきた。

そして離れると、また俺の表情を覗いたまま、したり顔をした。

「アタリ♡」

俺はメゾン継ぐんだって……そう決めてて……。

そんな意思は、動揺して固まってしまった口のせいで言葉に出来なかった。

◇

白姫とのデートの後、いつもと変わらず俺は店に出勤した。

今日も今日とてメゾンは、何人かの顔見知りの常連客とほんの少しの新規客を迎えて、営業を終え、今俺は真淵さんと料理の特訓をしていた。

「真淵さん、これでもまだ？」

「あーもう、全然まだまだ、もっと煮詰めろ。ビネガーの尖りが消えるまでだよ。まろやかなのがメゾンのブールブランソースなんだ」

「わかった！」

「てか透衣、普通にいつも通り練習してるけど、あの子と結婚するんじゃなかったの」

「え、ああ……いいだろ練習くらい」

白姫以外の前では、俺が夢を諦めて婚約を飲んだ設定になっているため、料理に熱心だと怪訝に思われてしまうのが面倒だ。

真淵さんの怪しむ目から目を逸らしながら、レディクションと呼ばれる工程に励む。

ちょうどその時、借りた漫画を返すと言って俺の部屋に上がったいちごが、駆け足で店のフロアに戻ってきて、厨房に顔を出した。

「ちょっと透衣！　なにこれ！」

「は？　あぁ、それな。今日白姫とのデートでもらって——なんだよ……」

いちごが半ギレで俺に突き出したのは、さっきのデートで白姫にもらった、ヌヌーちゅのキーホルダーだった。

「デ・エ・トぉ～……？」

この後、いちごにはなぜか二日も口をきいて貰えなかった。

Chapter 6. 決闘

「おい見ろよ。あの金髪、白姫（しらひめ）リラじゃね」

「でもあの子、君波透衣（きみなみとうい）とつるんでるって噂（うわさ）だぞ？　不良化したって聞くし」

「らしいなぁ。白姫さんって結構ワルが好きなのかな……俺もワルになってれば……」

「『ぐへへ、むちゃくちゃにしてやる』『きゃー！』みたいな？　うん、俺も不良になろ」

「いいなぁ俺も白姫さんと夜を──」


「S姫って君波透衣といい感じなんでしょ？　あーいうのがタイプだったんだねー。モデルだからってお高くとまってんじゃねーよって感じだったのに、意外」

「えーお似合いじゃない？　浮いてる者どうし」

「てか私あれのことカワイイと思ったことない。モデルったって本人の人気は大したことないんでしょ？」

「それな、あんなの外国行ったらうじゃうじゃいるし。ていうかS姫S姫って騒いでる男子もそんなに外国人がいいなら日本でてけっての」

「アハハ、ウケる！」

――なんていう会話が、少し前方を歩く白姫リラには聞こえていた。

人と違う金髪、世間に顔を晒すモデル、という要素が相まって、校内で注目を浴びるリラには、そんな憧憬の眼差しや嫉妬の眼差しが四六時中付きまとう。

それだけじゃない。デートから数日経ったこの頃、『リラが不良化した』というデタラメが校内で囁かれ始めたのだ。

特にモデルを始めて知名度が上がってから、まったく見ず知らずの人間が、一方的に自分のことを知っている、というケースが増えた。謂れのない人間に自分を性の対象にされるのは気持ち悪いし、謂れのない人間に石を投げられ恨まれるのは恐怖だ。

そんな時ふと、不良だなんて言われている彼の、優しい言葉の記憶が呼び起こされた。

『全員に好かれようなんて無理だ。この嫌がらせの犯人に好かれるようなお前になったら、きっと他の誰かに嫌われる』

『俺にくらい自分の気持ちにまっすぐでいろよ。そのための下僕なんじゃねえの？　こんなの、俺の親父の無理に比べりゃ大したことじゃねえし、俺でよけりゃ付き合ってやるよ』

思い出したその言葉に、自然と救われた。

デートで彼に伝えた本音がすべてだった。彼のそばなら、どんな自分も許される。今はそれが嬉しくて、楽しい。

さあ、今日は彼にどんな命令をしよう。どんなワガママを言おう。

彼のことを考えると、気持ちが少しだけ穏やかになっていった。

早く彼の顔を見て安心するためにリラは学校へ向け、さらに先を急いだ。

◇

デートから数日経った、ある日のメゾン営業中のこと。一人の女性客が十五分くらい前からずっと頭を抱えていらっしゃる。どうやらメニュー表と睨めっこしているらしい。

「透衣、三番卓のお客さん、さすがに行った方がいいカンジかな……？」

いちごも少し不安そうに俺に話しかけてきた。いちごはこの店では俺の後輩にあたる。愛想はこいつの方がいいが、こういう時の対処なら俺の方が心得ている。

「俺行くよ。いちごは五番頼む。Ｃコースな。スープまで行ってるから」

「……うん！」

いちごはおもちゃを買ってもらった子供みたいにパッと笑顔を咲かせ、カウンターの料理を迎えに行った。

一方、女性に近づくと、「うーん……うーん……」という唸り声が耳に届いた。

「お姉さん、迷ってるっすね」

テーブルの横に片膝をついて尋ねた。

「え？　あら！　すみません！　そうなんです～。どれもおいしそうなのでつい……そうですよね、お店の時間もあるし、決めてしまいますね！　でもそうねぇ……じゃあ……」

女性は頬に手を当てて小首を捻り、注文する。

「店員さんのオススメ……にしようかな？」

「味なら全コース俺が保証します。でもうちが初めてならオススメはＢコースですね。Ｂコースのメインはうちのスペシャリテのハンバーグっすから」

「スペシャリテ……」

「フランス語で『シェフ自慢の料理』、みたいな意味っす」

「え、あぁ……ご丁寧にどうも……」

「それに、ＡＢＣとコースがあって、上から価格の高い順にコースが並んでるんで、真ん中なら値段もある程度抑えつつコースの中身も割としっかりしてるっす。……いや、ただ」

「ただ？」

なぜかここで、白姫との色んな出来事がフラッシュバックした。

「……俺のオススメはあくまで俺の好みです。俺は俺のオススメよりお姉さんの好みを大事にして欲しいですけどね。って……すみません、出過ぎました」

俺が頭を下げると「頭あげてください！　すみません！」と逆に謝られた。

だけど俺の言葉がどうやら届いたようで、「そうですよね」と女性は首肯した。

「実はこのAコースのメインの『神戸牛のポワレ』がどうしても気になってて、でもあとは全部Bがいいなって。でもBにしようと思うと結局神戸牛が気になって……」

　そういうことなら、と俺が提案する。

「今日だけ特別に、お値段をそのままにして、Bコースのメインだけポワレに変えて出しましょうか？　俺が頼めばいけると思うんで」

「い、いいんですか⁉」

「はい！　お姉さんにこのビストロを気に入って欲しいんで！」

「じ、じゃあ是非それでお願いします！」

「かしこまりました！　では少々お待ちください！」

　女性の憑き物が落ちたような笑みを見届け、俺は裏に戻った。真淵さんはそれを聞いて満面の笑みを浮かべ「そういうの俺パニックになるから二度とするな」と言っていた。目が笑ってなかった。この人が厨房の人でよかったってホント思う。

「いけた？」

　フロアに戻ると、いちごが心配そうに俺に話しかけてきた。

「おう、もう大丈夫」

「そっか」

　するといちごは後ろで手を組んで、さっきの客のこととは別の話を俺に聞いてきた。

「……透衣（とうい）さ、やっぱりS姫と結婚しちゃうの？」

「は？　……なんだよ急に」

「いや、仕事してる時の透衣、すごく楽しそうだから」

「……そっか」

「大人達（たち）やS姫の言うことを聞くのも悪いことじゃないけどさ、自分の気持ち、まだ変わってないなら大事にした方がいいよ？」

「……お前に言われなくてもわかってるよ」

「そ？　ならいいけど」

それは、俺が一番よくわかっているつもりだ。俺のモットーみたいなもんだし。

客が食べるコースを決めるのはシェフじゃなくて客。尊重されるべきは食す側の人間だ。

◇

ある午前、休み時間。俺は白姫（しらひめ）に連れられて職員室から、返却されたいつかの提出用ノート（クラス全員分）を教室に持って帰っているところだった。

「お、重い……紙切れも束になるとえげつねえな……」

「ほら、ぐだぐだ言ってないで早く教室戻ろ？」

「あのな、お前の分も持ってやってんだぞ？　もっと言えば俺は委員長じゃねえんだから全部お前の分だ」

「さらに言えば透衣くんはあたしの下僕。よってあたしの分は全部透衣くんの分」

「なんちゅう理屈だよ……なんで俺がこんなこと……」

「小さなことからコツコツと。そうやって地道に信頼は得られるものなんだよ」

「くっそぉ……ていうか、手伝ってくれねえならついてくる必要あったかお前……」

「……いいでしょ別に、暇だったの」

白姫はなぜかそのツッコミをはぐらかしてきた。まあ別に、どうだっていいけど。

ノートのタワーが崩れないように慎重に歩いていると、階段に差しかかる。二年生の階まであと少し、というところまできた踊り場で、事件は起こったのだ。

「ああ！　ここにおられましたか！　姫！」

「なんだ……？　姫……？」

白姫がうげぇ、と明らかに嫌悪感丸出しの顔をしている階段の先には、一人の男子生徒が立っていた。

千円カットで切ってそうなソフトモヒカンにハイテク寄りの銀縁メガネ。スポーツでもしているのか、心做しか人よりガタイは良い。

「おめーの知り合いか？」

「東城院先輩……あたしのファン……」

「へぇ……」

白姫の様子はいつもの数十倍気だるそうだった。よっぽど面倒なファンなんだろうな。雰囲気でわかるわ。

その東城院という男は、「あぁ、探しましたよ」と、階段を下りてくる。

「あぁ……今日も相変わらずお美しい……」

「……ハハハ、どうも」

東城院は、白姫のことを下から上までじっとり見たあと、顎に手を当ててふむふむと頷く。既にヤバいやつのオーラ全開だ。

「そういえば、拝見しましたよ！　この前のｍｉｍｉ！」

「あ、ありがとうございます……」

「いやぁ……いつもながら素晴らしかったです。あのタイトめなコーデは姫の細くてしなやかなスタイルをより際立たせるのに最適な組み合わせでした！　個人的にはあまり人前で露出はして欲しくないところですが……ノンスリーブから伸びる華奢な腕、とてもお綺麗でした……」

あれファッション雑誌だったよな？　メイン、こいつじゃなくて服だよな？　そもそもこんな無駄話に付き合ってる暇ねえんだけど……ノート……重い……。

「にしても、いくら姫のスタイルがいいからと言って、あーやって身体のラインが露骨にわかる格好をさせるのはどうかと思いますがね……姫のお身体は見世物でも売り物でもありません！　おのれｍｉｍｉめ……まだ高校生の未成熟の姫のお身体を商売道具にしおって……はっ、失礼、私としたことが取り乱してしまいました」

白姫は自分の身体を隠すように腕で覆い、顔を真っ赤にして俯いてしまった。もう返す言葉もないらしい。こ、公開処刑すぎる……。

それにこの白姫のドン引き具合に気づいてない様子を見るに、この公開処刑執行人がだいぶイカれてるということは見て取れる。白姫が全然うまく笑えてない時点でもう、な。

「おっと……こんなことをしている場合ではなかった……今日は姫に用事があったわけではないのでした……」

「はい……？」

「では姫――」

「うぐっ……は？」

唐突に圧迫された俺の右肩。俺はバランスを崩して一歩その場から後退り、持っていたノートの束がバラバラと床に落ちてしまう。

東城院が俺の右肩を押したのだ。

「いって……な、なんだよいきなり……」

「この男から、離れてください」

「……えっ？」

東城院は俺と白姫の間に割って入ると、俺に正面を向けて立ちはだかり、仁王立ちする。

「貴様が、君波透衣だな？」

「……だったら文句あっか？」

その瞬間、東城院は俺の胸ぐらを掴み、体重五十キロほどの俺を、一切身体の軸を揺らさずに持ち上げ、上に掲げる。

こいつ……なんて腕力してやがんだ……。

「なにしやがるッ……！　放せッ……！」

「透衣くんッ！」

東城院は血を上らせた真っ赤な顔で、目をキッと開いて俺に言う。

「文句、多いにあるッ！」

俺がなんかしたかよ……って言いたいけど……首締まってて、息、出来ねぇ……。

「と、東城院先輩！　いきなり透衣くんになにするんですか！　放してあげてください！」

白姫が東城院の腕を引き剥がそうとすると、東城院は「ふむ……姫がおっしゃるなら……」と、俺を解放した。

地に降ろされた俺は、大きく呼吸をして、その場に膝を突いて座り込んだ。

「ゴホッ……ゲホッ……死ぬかと思った……」

「透衣(とうい)くん！　大丈夫!?」

「あぁ……なんとか……」

「学校一の不良と聞いていたが、まさかこうも軟弱なクソガキだとは思わなんだ」

「んだと……？」

「なんのつもりですか……東城院(とうじょういん)先輩……」

「実は近頃、『S姫が不良化した』という噂(うわさ)が学校でまことしやかに囁(ささや)かれているのです。それが真実か、それとも誰かが勘違いした誤報か、いずれにしてもこの噂が流れた元凶は決まっています。……姫の横にこの不良が付き纏(まと)っているからに違いないのだ！」

だから……なんでどいつもこいつも俺を悪者にしたがるんだ。むしろ付き纏ってくんのはこいつだっつの……。

「おのれ君波(きみなみ)透衣……全部お前がいけないのだ……ろくに校則も守らず、授業をサボって惚(ほう)けているだけの不良が……姫に近づこうなど許されるはずがない……！」

理不尽な扱いに口を噤(つぐ)んでいると、東城院は咳払(せきばら)いをして、悠々と続ける。

「なに、近頃姫の周りをウロウロしている輩(やから)がいることは耳にしていた。聞いた時はどうかしてしまいそうになったがな……」

もう充分どうかしてっけどな……。

「それからというもの、どうお前を成敗してやろうかずっと考えていた。どうすれば守れるか、姫をずっと想(おも)っていた。貴様が姫とどういう関係かは知らんが、貴様が姫に悪影響を及ぼすということだけは確かだ。我々の神聖にして崇高なる姫を弄んでくれた不良を、この東城院秀夫(ひでお)が見過ごすわけにはいかない」

　背の高い東城院は腰を折り、顔を俺の頭の高さまで下ろして俺に向かって一言言った。

「君波透衣、貴様に決闘を申し込む」

◇

　白姫(しらひめ)が東城院をなんとか宥(なだ)めて、その場は保留になったが、東城院は去り際に、『午後一時、武道場』と言い、俺を諦めず待つ意志を見せた。

　ノートを教室に置いたあと、俺と白姫は東城院の件をどうするのか話し合うため、いつもの旧校舎に来た。

「なんなんだよあいつ。やたらお前に肩入れしてるみてえだったけど……」

「あの人も風間(かざま)くんと同じ。一方的にあたしのことを追いかけてくるうちの一人なの……」

　白姫によれば、東城院は中でも群を抜いて厄介らしく、なにより問題なのは、白姫に近づく男と尽(ことごと)く対立し、勝手にボディーガードを気取っているということだそうだ。

そうして一方的に目の敵にされ、弱気な男子は、東城院の勢いに圧倒され、白姫に近づくのを辞める。

しかし、過去には本気で白姫を好きになった男子と東城院が、白姫を巡って揉み合いになり、東城院がその男子に怪我を負わせる、なんて事件もあったらしい。それ以来、東城院の存在が原因で、白姫を避ける男子も少なくないらしい。そうなると白姫の印象も悪くなるため、前から困っているのだそうだ。

「最近ね、あたしが不良化したって噂が流れ始めてるの。原因はあたしが透衣くんと一緒にいるからだと思うけど、多分それを聞きつけて先輩は透衣くんのせいだと勘違いしてるんだろうね。とにかくあの人とは関わらない方がいい。そうしないと透衣くんがどうなるかわからないし、今透衣くんに変な噂が立つと更生も上手くいかなくなっちゃう」

「ちょっと待てよ。じゃああいつはあのままやらせとくのかよ?」

「仕方ないよ……止めるように言いつけたとして、それがあの人の気に障ったら、あの人はそれをあたしにぶつけないで、あたしの周囲を取り巻く環境のせいにして当たるかもしれないんだよ? 下手に動けない」

「そんなのあんまりだぜ……じゃあ、決闘はどうすんだ」

「行っちゃダメ。あの人、相当強いよ」

「へえ、強いねえ……」

「……ねえ、本当に行っちゃダメだからね？」

「はいはい、うっせーな、わかったってば」

　でも、このまま東城院のことを放っておくのは、その場凌ぎにはなっても、原因は解決されない。またいつ同じことが、俺の目の前か、白姫の目の前か、それとも他の誰かの前で起こるかもわからないわけだ。

　それに、俺が負けると思われているのも癪に障る。

　確かに身体がでかくて力は強いかもしれない。さっきは不意打ちだったから好きにさせちまったけど。

　……あんなのに俺が負けるわけねえじゃん。

◇

　結果、俺は白姫に内緒で武道場に出向いた。

　白姫には悪いが、黙ってやられっぱなしは俺の主義に反する。

　武道場は人で溢れかえり、入口の外までごった返していた。

「あっ！　おい！　君波透衣が来たぞ！」

「さすがに逃げたりはしなかったかぁ」

中に向かって人ごみをすり抜ける。

剣道部と柔道部が使うこの武道場は、半分はフローリング、もう半分は畳になっている。決闘を申し込まれたあの時、誰かに見られていたか、それとも東城院(とうじょういん)が集めたのか、道場の中を囲むようにとんでもない数のギャラリーが出来ている。そしてその剣道部エリアのフローリングの中央に、真(ま)っ直(す)ぐ背筋を伸ばして胡座(あぐら)をかく者が一人。それに対面するように、俺は柔道場のど真ん中に立った
「ようやく来たか、君波透衣(きみなみとうい)。恐れずにここに顔を出した勇気だけは褒めてやろう」

「あたりめーだ。あとで逃げたとかなんとかって言われんのはごめんだからな」

東城院は剣道で用いられる防具を身に付けているため、身が剥(む)き出(だ)しの部分が一切ない完全防御体制だ。

「お前、まさかそれで戦う気か？」

「貴様が喧嘩(けんか)という己の土俵で戦うように、私は剣道という己の土俵で文字通り太刀(たち)打つまでだ！」

野次馬(やじうま)の中から、不穏などよめきが聞こえる。

「おい太刀打つって言ったか……？　東城院ってたしか、剣道で全国行ったんだよな？」

「この学校で剣持ったあいつに敵(かな)う奴(やつ)なんかいるのかよ……」

へえ……アホのくせにずいぶんおっかねえじゃん……。

すると東城院は立ち上がり、ギャラリーに面を向けて一年生っぽい男に声をかけた。

「これだけではない。後輩！　この男を負かすのに相応しいあれを持ってこいッ！」

「は、はい……」

なんだ、なにが出てくるんだ……。

裏の物置のような場所に入った後輩くんが持ってきたのは、なにやらオレンジ色の細長い包みに入ったものだった。

「……まさかお前、それ」

東城院が袋から取り出したのは、切っ先から柄までの全体が真っ黒い木刀だった。

ギャラリーで剣道部の関係者らしい女の子が木刀に過剰に反応する。

「そ、それは……うちの剣道部に伝わる伝説の木刀……まさかここで使うなんて……」

「伝説……？」

俺が思わず漏らすと、女子はその伝説を恐る恐る口にする。

「昔剣道部に所属していた学生が、修学旅行で規則を破り購入したという伝説の木刀……」

なんだよそれ。

ガクッ、と肩を落とす俺をよそに、東城院は木刀の握り心地を確かめている。

「我らがS姫を絡繰るようなならず者を成敗するには、竹刀では物足りん。この本黒檀の木刀をもってして、皆の前で貴様を完膚無きまでに叩きのめしてやる」

ふん、と、東城院は剣先を俺に向ける。よしんばただ名も知らぬ先輩が修学旅行で買ったものとは言え、木刀は木刀だ。その迫力に俺は俄然力む。

「上等だぜ……」

「覚悟ぉぉぉぉッッッ!!!!!!」

戦いの火蓋が切られた。先手必勝と言わんばかりに俺に迫り、容赦なく黒檀刀を振りかざす東城院。俺はそれを間一髪で躱す。

ガチィンッ!!!!!!　……と、フローリングを頑丈な木が叩く音が場内に響く。

当たったらひとたまりもねえぞ……。

「ふはは……これがこの刀の威力……おりゃぁぁぁぁあッッッ!!!!!!」

本気で俺を潰すつもりの東城院は待たない。間髪容れず二撃目が俺を襲う。俺はなるべく東城院から距離をとる。

「逃げてばかり……なんと卑怯な」

「素手ごろ相手に木刀ぶん回す奴に言われたかねえな」

「だがそれもいつまで持つかなぁ!!」

ガチィンッ、ガチィンッ、ガチィンッ。

「ハッハッハァ！　踊れ君波透衣ぃ！　ほらほらぁ！　アン・ドゥ・トロワ！」

ステップを踏んで逃げ惑う俺に、上機嫌で猛攻を仕掛ける東城院。時折隙をついて蹴りを入れるが、逃げながらで体勢が整わない俺の蹴りは力が上手く伝わらず、加えて防具を前に威力は今ひとつだ。

そして、恐れていたことが起こる。俺がバランスを崩し、その場で転びかける。

「今だぁッ！」

「うぐあッ……」

パーカー越しに肉を叩く鈍い音がする。刀が降りた肩から激痛が全身を駆け巡る。

だが痛がっている暇はない。すぐに東城院から離れて対面する状態を整える。

ガチィンッ、ガチィンッ――ドスッ。

さすがの剣さばきだ。同じように隙を作ってしまった俺は、今度は横腹にスイングをもろに喰らった。

「ぐッ……んにゃろう、めいっぱい振りやがって……」

「めえええええんッ!!」

「ふんッ……!!」

追撃を喰らう前に回し蹴りで攻撃を相殺するが、相手は武器、こちらは足、ダメージは俺のみに発生する。

もう何回刀で打たれたかわからない。脚がおぼつかず、今にも倒れて、打たれたところを抱えて蹲ってしまいたいくらいだ。

昼休みは精々あと十分あるかないかだ。それまでにこいつを倒さねえといけねえのに。

くっそ、どうすりゃ勝てる……。

「……ふう、これじゃあ勝負にならんな。愚かな小心者め。やはり貴様にS姫の隣は務まらない。なぁ？　皆もそう思うだろ」

攻撃を捌くことに徹する俺に痺れを切らし、東城院がずいぶんと安い挑発に出る。

すると、観衆もまんまとその風に身を任せ、ここ数日白姫を独占された鬱憤を晴らすように、俺に不満をぶつけだす。

「そうだそうだぁッ！　俺達のS姫を返せ！」

「不良のくせに！　まず日頃の態度を改めろ！」

「やっちまえ東城院！　頭かち割られて死ね君波！」

好き放題言ってくれやがる。きっと一人ではなにも言ってこない弱虫ばかりのくせに。文句があるなら一対一で聞いてやるのに。

俺は自分に吹く逆風に目を眇めた。一方、東城院は私物化した道場で高笑いする。

「ハハハハハ！　ほら見た事か！　姫とお前が共にあることをここの誰もが望んでいない！　不良と睦み合うなんて、姫もきっとなにかを間違ってしまわれたんだ！　でも心配はいらない！　姫にはこのクズと違って姫を愛する人間が多くいる！　愛する姫のピンチを救い、姫の幸せの礎となる！　それが我々ファンの役目だ！」

「……あ？」

東城院は聞き捨てならない言葉を論う。

「今こそ姫には、姫を愛する者による救いが必要なのだ！　そう！　姫が道の選択を誤ってしまわれないように、道を正す救い！　私は故に存在する！　私は故に民を先導する！　貴様なんかに姫を自由にはさせない！　姫を不良になんてさせない！　私は姫のナイトになるのです！」

「なんだよ……それ……」

どことなく白姫の今置かれている状況と、俺が親父を相手にしている状況が重なった。

白姫は人気者故に不特定多数の人間から期待され、好かれ、嫉妬され、求められる。

でも白姫という人間の人生は、周りの人間に指図されていいものじゃないはずだ。相応しいかどうかなんて人の在り方には関係ない。元々人にあるべき像なんてない。歩む道に正解なんてない。歩んだ軌跡が描く形は人の数だけ種類があって、その自分だけの形が個性なんだ。

「ま、まったく……大体、姫もこんな社会不適合者のどこがいいのやら……姫にはもっと相応しい男がいるに決まっているというのに。あのその……例えば私のような〜……」

「――ふざけたこと言ってんじゃねえぞッ！」

たった一言の大声に、威勢の良かったざわめきが静まり返る。無論、すべてを打ち消す狼煙を上げたのは——俺だ。

「……ほう？ そこまで言うなら少しばかり耳を傾けてやろう。さては不良の分際で自分の方が姫に相応しいとでも言うのか？」

「そんなバカな話じゃねえ！」

俺は拳をぎゅっと握った。

「道を正すだ？ 救うだ？ んなことが他人が白姫に茶々入れていい理由になるもんかッ！ 誰が隣に相応しいとか、白姫にどうあって欲しいとか、んなもん全部てめえの押し付けだろうがッ！ 好きな女ならなんでわかってやんねえんだよッ！」

「なに……？」

「いいかッ！ わかんねえなら教えてやるよッ！」

何度でも言う。己は己、他は他、それだけは揺るぎない事実であり、ひっくり返ってはいけない摂理なのだ。

「誰かを好きって気持ちも、何かをこうしたいって思いも、全部ぜんぶ、白姫だけのもんなんだッ!! あいつのもんじゃなきゃダメなんだッ!! 選んだ道が正しかったかどうかなんて全部あいつが決めるッ!!」

「な、なにぃ……？」

俺は片足を前に出し、手を前に構え、臨戦態勢を整えた。こんなやつに負けてられねえ。

「白姫を、お前なんかの思い通りになんて絶対にさせねえッ!!　二度と調子こけねえようにぶっ飛ばしてやるッ!!!!!!」

「の、のの……望むところだぁッ!!!!!!」

さっきと同じ単調な攻撃。俺に向かって一直線に走り、木刀の長さが俺に届くと感じたタイミングでそれを振りかざしてくる。俺はその一瞬をついた。

「なにッ……！」

痛みと引き換えに、俺の肩に降りた鋒（きっさき）を素手で捕らえたのだ。

「もらったぜッ……！」

そしてそのまま鋒側から剣を捻（ひね）り、東城院（とうじょういん）の手から刀を抜き取る。

「し、しまったぁッ！」

そして俺は、剣の柄側を東城院の腹に突き刺す。そのまま東城院を押し出すようにして俺の半径から追い出して、奪った刀は道場脇に滑らせる。

刀を失った東城院。その瞬間を俺は逃さない。

「君波透衣（きみなみとうい）特製……最高級スペシャリテ……」

東城院が遠ざかる自分の刀に目を逸（そ）らすが早いか、俺はその場で一気に飛躍、足の裏を東城院に向ける。

「お見舞いしてやらぁぁあッッッ!!!!!!」

「ぼぇぇぇッ……!!」

俺の渾身の力を込めたローリングソバットが東城院の防具の胸にヒット。東城院は蹴りの重さに耐えきれずぶっ飛ばされ、柔道場側の畳に尻もちをついて仰向けに倒れた。

道場の野次馬も、見るも無惨で哀れな東城院の姿に、沈黙した。

東城院は虫の息で起き上がるが、声音は弱々しくなっている。

「か、刀ぁ……刀を返してくれぇ……」

どうやら刀がないとまともに戦えないらしい。そうか、と、俺はその木刀を拾い、柔道場の畳と、剣道場のフローリングのその境界の隙間にぶっ刺した。

「……ふんッ！」

テコの原理ってやつだ。俺は東城院の刀を足でへし折った。

「なっ！　貴様……」

「この俺に喧嘩売ったんだ。死ぬ覚悟くれえはできてんだろ」

刀だとは言え、刃物程の鋭利さはなかった木刀だが、リーチの長さと引き換えに折れた鋒が格段の尖りを手に入れる。

「――動くんじゃねえ」

俺はそれを、東城院の面の隙間に差し込んだ。もし俺がこのまま力を最大まで加えれば、折れた木刀は守られていた東城院の顔まで到達する。そうなったらどうなるか、グロテスクな絵は容易に想像できる。

「ひぃぃ……」

「降参するならやめてやる。まだやるってんならおめぇの顔には今から穴が空く。俺が言った手前もあるし、道はお前に選ばせてやる」

それでも東城院は俺に強がりを見せる。

「そんなこと……する勇気もないくせに……やれるもんならやってみろ……」

「わかった」

剣先はどんどん防具の奥へ奥へと迫る。

「あぁ！　あぁぁぁぁ！　嘘嘘！　嘘ですごめんなさい許してぇぇぇぇぇッ！」

そして、ようやく東城院の降参の声を聞いた俺は、これ以上追い打ちをかけるつもりもなく、その辺に折れた刀を捨て、吠えた。

「二度と白姫に手ぇ出すんじゃねぇ！」

決闘を終わらせる俺の声が武道場内に木霊した。こうして、俺と東城院のタイマンは幕を閉じたのだが。

しかし、まだ事件は終わらなかった。

「――みんな！」

今度は道場の出入口に一際目立つ男の姿。

俺のクラスメイトであるヒーロー風間がまたしても現れたのだ。人混みを掻き分けて中まで入ってきた。

「貴様は……」

「風間……？」

なぜか東城院も、風間のことを知っているようだった。まあ、風間は白姫に最も近い男みたいな扱いだし、東城院が知っているのも不思議じゃねえけど……。

「もうすぐ先生がここに来る。教室に戻った方がいい！　こんな決闘が起きたんじゃきっと先生も黙ってないと思う！　問題になる前に早くここを出よう！」

風間が道場にそう伝達すると、「やべ」「怒られる」「もう授業始まるじゃん」と、わらわら民衆は慌てて去っていく。東城院も先生に怒られるのが嫌なのか、「ひぃ……」と、赤ちゃんのはいはいみたく床を這いつくばりながら道場からの逃亡を図る。

ここから逃げなければ、先生に見つかり、説教どころか学校から面倒な罰を受ける可能性がある。

「くそっ……風間のやつ、チクリやがって。うっ……いって……」

道場内はパニックに陥り、人波の激流が生まれる。

俺も早く逃げなければ、教師の餌食になる。だが、アドレナリンが切れ、体中の痛みがここにきて復活し、俺はその場で尻もちをついてしまう。

また俺が悪いって怒られるんだ。またヒーローが現れて、俺はヴィランにされるんだ。

あの人混みに混ざって逃げる力はもう残っていない。それどころか、歩くことすらもままならない。その場で、胡座をかいて、俯くしかできなかった。

店も、自分のことも、俺一人じゃ、なにも守れない。

——どうしていっつもこうなんだ。

そこに一人の少女が現れる。

「リラ！　ここにいたのか！　早く逃げないと——」

「嫌！　離して！」

「あ、ちょっ……！」

「透衣くん！」

風間の助けの手を振り払い、入口の人波に逆らって俺の方に駆け寄ってくるのは、ここへは行かないと嘘を吹き込んでおいたはずの白姫だった。

「もう……怒られても知らないぞ！」

風間も自分が説教に巻き込まれるのを避けたいからか、白姫を置いてその場を去り、道場に残ったのは俺と白姫だけになった。

「お前……なんでいるんだよ！　道場には行かねえって言っておいたはずだろ！　ていうかお前も逃げろ！　こんなところにいたらお前まで怒られんだぞ！」

「そりゃこれだけ騒ぎになってれば行ったんだって気づくよ！　勝手に決闘に行ったのは透衣くんでしょ！　それにそんなの今は関係ない！　怪我は？」

「大したことねえよ……ていうか早く逃げねえと――」

「君波！　またお前か！」

言っている間に、とうとう教師が到着した。あの近藤だ。俺を見るなり怒鳴りつける。

「風間から聞いたぞ！　先輩と揉め事を起こしたらしいな！　お前は何度俺を怒らせれば気が済むんだ！　いい加減に――」


「この人は悪くありませんッ!!」


道場中に響く高い声。それと同時に、強く抱きしめられる。胸の裏側まで満たされるような感覚が心地よい。

――この感覚、どこかで……。

白姫が俺の事をぎゅっと離れないように抱きしめ、守っているのだ。

「白姫……そいつはうちの学校を悩ませている不良だぞ。なんでそいつを庇うんだ」

白姫は「んっ！」と威嚇して俺をいっそう強く抱え込んだ。

「この人はあたしのことを守ってくれただけなんです！　それより透衣くんのことを巻き込んで騒動を起こしたのは東城院先輩です！　怒るならそっちを怒ってください！」

「そう言ってもな……今まさに君波が悪さをして」

「悪くないって言ってるじゃないですか！」

きっぱりした物言いの白姫。もしかして、あのＳ姫が俺以外にこんな風に拒絶を見せているのは超レアなのではないだろうか。

「うーむ……白姫がそこまで言うなら、んまあ本当にそうなのか……」

すると先生も、普段行いの良い白姫には強く言えないのか、引き下がった。

「わかった。今回は見逃してやる。君波、白姫に感謝するんだな」

先生はそう言い残して去っていった。俺が自分のことを悪くないと言っても、恐らく誰にも信じて貰えないだろうが、白姫に言ってもらえると説得力が桁違いに上がり、とてつもなく心強い。今までのように一人のままじゃ、乗り切れなかっただろう。

白姫といたから、乗り越えられたのだ。

白姫は先生が居なくなったのを確認して、俺に手を差し伸べる。

「……行かないでいいって言ったのに。バカだね」

「ご、ごめん……」

「保健室行こ……何回も木刀で打たれてたの、見てたよ。手当してあげるから」

「平気だよこれくらい……授業始まるぞ？」

「いいよ。二人でサボっちゃお？」

「白姫……」

「立てる？」

「な、なんとか……」

差し出された白姫の手を取って、ふらふらと立ち上がった。まだ足を踏むたびに軋むような痛みが走り、他に打撃を受けた箇所もズキズキと痛む。

「……ごめん、勝手に東城院との決闘受けて。庇ってくれてありがとな」

俺が謝ると、白姫はクスッと微笑みを零して、「気にしてないよ」とやけにすんなり俺を許し、俺の手を引いて道場を出た。

「でも、もう変な無茶すんなよ。お前まで先生に目付けられんぞ」

「無茶なのは透衣くんだよ。普通あんな不利な状況で真っ向から勝負なんてするもんじゃないし。それに透衣くんは悪くない。透衣くんも前に体育倉庫であたしにそう言ってくれたでしょ。これで先生に目を付けられるくらいなら、あたしも不良でいい」

「お前……」

「だってあたしのために戦ってくれたんでしょ？」

「いや、まあ、うん……けど別に恩に着せようってわけじゃねえから」

「ふふ、わかってるよ」

先んじて俺の前を歩く白姫は振り返らず、笑い声は聞こえるが、表情は見えない。

でも俺を引っ張ってくれている白姫の手が、心做しか熱を帯びて温かいことだけは、確かに伝わった。

「透衣くん」

「んだよ……」

ふいに振り返った白姫は、俺の両手を握って、俺の顔に向けて背伸びをした。

——チュ。

短いキスだった。キスのあと、白姫は俺の顔を見たまま微笑む。

いつもと違った。白姫の唇が射止めたのは、俺の唇ではなく頬だったのだ。

「……ほっぺじゃ証拠になんねえんじゃねえの」

「違うって、これはご褒美だから」

「……ご褒美？」

「助けてくれてありがとう、透衣くん。すごく嬉しかった」

「べ、別に……」

白姫は俺に礼を告げて、屈託なく笑った。最近、こいつのこういう笑顔が増えた。

厄介だけど、素直になった時のこいつの笑顔は、ほんの少しだけ、可愛(かわい)いかも。

「……もしかしてご褒美、口にして欲しかった？　もう、欲しがりだなぁ」

「そ、そんなこと言ってねえし！」

や、やっぱ可愛くねえ。

いちごちゃんの質問コーナー♡

Cet amour vous convient-il ?

Q1

誕生日、血液型を教えてください。

A.誕生日は、2月14日。
バレンタインの日に生まれたんだよね。
血液型はO型!

Q2

趣味はなんですか?

A.透衣んちで漫画読むのに
ハマってます。透衣ってね、
めっちゃ漫画持ってんの!

Q3

自分のチャームポイントはどこですか?

A.えー、ないよそんな……。
可愛くないもん。

Q4

好きな男の子のタイプを教えてください。

A.え……♡
カッコよくて頼りになって～、
オシャレで一生懸命で～……
え、誰が好きかバレたカンジ……?
うう……ナイショにしといてください!

Q5

最後に、透衣くんに一言どうぞ。

A.え、この流れで!? す……すす……あ、そうだ。
この前借りた漫画にジュース零しちゃった。
ごめん☆

Chapter 7. 熱

Cet amour vous convient-il ?

透衣と東城院が衝突した後のこと。

風間の密告により、東城院が巻き起こした決闘は教師陣に発覚した。

木刀で暴力沙汰の事件を起こした張本人である東城院は、一週間の停学。一方透衣はリラの手厚い擁護のおかげで罰則なしとなり、事態は終息した。

「ねえねえ、いちごは見たの？　東城院先輩って人と君波透衣の決闘！」

「ええ？　ま、まぁ……」

当然決闘はクラスの間でも話題となり、透衣のバイト仲間であり、クラスメイトでもあるいちごの周りもしばらくざわついていた。だがいちごはその話に飽き飽きしていた。

「それにしてもさぁ、あのS姫があんな危なっかしい男子と仲良しとはね〜。そのスリルが良かったりするのかな？」

友人があまり言うものだから、いちごもつい、沢山の見物人に紛れて目に焼き付けてしまった、透衣の姿を思い出す。

『誰かを好きって気持ちも、何かをこうしたいって思いも、全部ぜんぶ、白姫だけのもんなんだッ!!』

教室を見回して透衣の姿を探してしまう。ちなみに透衣は今日、学校を欠席していた。

今朝のホームルームで担任の平井曰く、学校への事前連絡もなかったらしく、担任やクラスメイトからは、いつものサボだりと見られている。もっとも、最近こそリラの影響で欠席は減っていたので、透衣が学校に来ないのはやや久しぶりだ。

拗ねたように自分の机にへばってスマホの、灯りをつけた。だが目的があったわけでもなく、また、彼に連絡する話題もなく、すぐにスリープモードにしてしまう。

彼に関わりたくても、彼に関わるなと言われているのがもどかしい。

黒い液晶画面には、鏡のようにうっすらと自分の不機嫌そうな顔が映る。

「──透衣のバカ……」

いちごが透衣に抱いている想い。それは言うまでもない単純で明快な、伝えるには複雑で難解な、彼への好意だ。

◇

『サボるなって言ったはずだけど！』

学校に行かなかった俺に舞い込んだ、S姫からのＬＩＮＥだ。だが、返信する気力もない。

ただのサボりではない。身体が熱い。多分熱が出た。

「やべ……学校はいいとして、真淵さんに連絡しねえと……」

メゾンは、真淵(まぶち)さんと俺といちごの三人体制の現在、いちごの週三勤務と、俺と真淵さんの全日出勤というシフトで回っている。

元々父親がゆるゆるの経営をしていたおかげで、俺と真淵さんのどちらかに予定ができたり、どっちかが体調不良になればその日は臨時休業という激甘仕様だ。もちろん、三人のうち誰も、予定ばっかり立ててサボったりなんてことをせず、店を第一に考えているから成り立っているわけだが。

「あ、違う……そういえば今日店貸し切りの日だ……」

実は今日は、前々から貸し切りの予約をしていた団体がうちに来る日だ。通常営業ならまだしも、前もって予約を入れている団体客相手にうちのわたあめみたいなルールは通用しない。

「いちご一人にホールは任せられねえしな……寝たら治るか……」

ベッドに倒れ込み、布団の中で芋虫みたいにもぞもぞと身体(からだ)を折る。

「あ～死ぬ……死ぬ死ぬ死ぬ～……」

にしても久々に熱なんて出した。頭がぐあんぐあんするし、汗だくなのにクソさみぃ。しんどすぎて病院とか行く余裕もねえ。

こういう時、一人暮らしだと辛(つら)い。一人でも大丈夫だと周りを突っぱねてきた自分が憎らしくさえ思えるほどに、誰かの手を借りたい気分だった。

だけどこの家には誰もいない。外に出ても誰もいない。俺はずっと、そういう生活をし、そういう道を選んできた。

白姫（しらひめ）には『熱』とだけ返信して、そのまま力尽き、俺は目を閉じた。

◇

家のインターホンが鳴っている。誰だよ、このクソ体調わりい時に……。

起き上がった感じだとまだまったく回復していない。むしろ悪くなっていると思う。

スウェットが皮膚に擦（こす）れるだけでもひりひりし、暖かくなってきているはずの気温の割に寒気がする。そんな状態でモニターを覗（のぞ）く。

「ん……？　え、なんで……」

訪問者はななななんと、白姫だった。辺りを見回してどこか落ち着きなさそうに応答を待っている。制服姿を見るに、学校帰りに直接寄ったのだろうか。俺の部屋に繋（つな）がる方の玄関、わかりにくいはずなのによくわかったな……。

「居留守もできねえか……熱だって言っちゃったし……」

ただでさえ熱い血が巡る身体が、驚きで余計に火照（ほて）り出す。

ひとまず応答のボタンを通す。

「……はい」

『……あ、あの、白姫(しらひめ)です。透衣(とうい)くん、お見舞いに来たよ』

「いいよ、んなの……」

『ちょ……せっかく来たんだから開けてよ。色々買ってきたのに……』

白姫はおずおずと画面の向こうで手土産をこちらに見せている。いつになくご丁寧だ。

まあ、適当にやり過ごそう。

壁にもたれながら玄関に降りて、扉を開けると、すっかりいつも通りの気の強そうな女の顔が見えた。風邪の時に見るこいつの顔、しんどいかも……。

「……ふーん、サボりではなさそうだね」

「なに、しにきたんらよ……」

思いのほか呂律(ろれつ)が回らない。

「なにって……お見舞いだって言ってるじゃん。……大丈夫？　よかったらこれ」

なにかの入ったレジ袋を突きつけてくる白姫。

「もし本当に寝込んで休みなら、お見舞いの品でもと思って……買ってて良かった」

「そんな、別に——うっ……」

レジ袋を手に取ろうとした瞬間、目眩(めまい)が俺を襲った。これ以上動くのはどうやらやばいらしい。間一髪で扉にもたれバランスを保つ。

「……え、ちょ？　透衣くん、大丈夫？」

「だ、だいじょぶだいじょぶ……じゃあ、俺は……」

「わっ！　と、透衣くん!?」

また目眩。今度はさっきより酷く、白姫に受け止められた。

「ごめ……俺寝るから……」

「大丈夫じゃないじゃん！　え、どうしよう……とりあえず上がるよ？」

「い、いらねえって……」

「ダメ！　一人暮らしでしょ？　放っておいたら死ぬかもしれないじゃん！」

大袈裟な。なんてあしらう気力も、この女を突っぱねる気力も、もう残ってない。

俺は白姫に肩を担がれ、二階の俺の部屋まで上がると、そのままベッドまで連れていかれた。なんとまあ情けない。そんな自分を咎めることより先に、俺はシーツに倒れた。

「ご飯とか食べた？」

余力で首を横に振る。

「だからだよ！　そ、そうだ、ゼリーなら……！」

うつ伏せの体勢からなんとか横目に白姫の姿を見ると、さっき俺に渡した袋の中からフルーツのゼリーとスプーンを取り出す。

「ほら、身体起こして、食べるよ」

白姫はわざわざゼリーを開封し、スプーンで掬って口元まで運んでくれる。

「じ、自分で……」

「意地張ってる場合じゃない」

ミルクティーで弄ばれたあの時とは変わって、正直にスプーンが口に突っ込まれる。

甘いものは大好きなはずなのに、舌の感覚が鈍麻し、ゴロゴロと口に入ってくる果物が一体なんの果物なのかさえ区別がつかない。

白姫は俺の咀嚼を少し待って次をまた俺に食べさせてくれる。ああ、邪魔くせえ。

「あ、ちょっと……」

俺はゼリーとスプーンを奪い、すべて口にかきこんで空のカップをベッドの棚に置いた。

「……助かった、もういいよ。俺このあと店出ねえといけねんだ……帰ってくれ……」

「店!?　何言ってんの!?　この身体じゃ無理だよ！　お店の人に連絡しないと……」

「そろそろ行かねえと……」

「ちょ、行くってどこに!?　ダメ！　安静にしてないと！」

「い、いいから……わっ……もぉ～……」

俺が立ち上がろうとすると、それを止められ、無理やり寝床につかされる。

「冠城さんにも言った方がいいかな……タオルある？　頭冷やさないと！」

「もういいって……」

「あとなにかやり残してる家事とかある？　あたしでよければ――」

「もういいってッッッ!!!!!!」

キーン、と自分の大声に耳鳴りがする。

「……なんで、なんだよ」

白姫は固まって俺の方を見ている。その悪気のなさそうな顔が更に俺の怒りを煽る。

白姫はなんで、俺に優しくするんだ。人に優しくするんだ。白姫からしてみれば俺は青春を阻む結婚相手でしかない。親の理想の邪魔をする問題児でしかない。

「……なんで、優しくするんだよ。なんでそこまでしてくれるんだよ。あれか……お前の父さんのためか……それとも店を乗っ取るためか……ああ、もう！」

白姫がなにも言わないと、俺の文句も滔々と出て止まらなくなる。

「会社のためとか！　親のためとか！　俺のことなんてどうでもいいんだろ！　誰も俺のことなんて考えてねえに決まってる！　そんな嘘の優しさなんていらねんだよ！　みんなみんな嫌いだ！　俺の敵だ！　消えろッ！　どっか行っちまえッ！」

なに言ってんだ、俺。

頭がくらくらする。毛穴という毛穴から血が噴きでるんじゃないかと思うくらい、頬に熱が溜まっている感覚。力が抜け、心が空っぽになり、酷い虚しさに襲われる。
同時に、自分への軽蔑の数々を思い出す。
『ほら、見ろよ？　みんな迷惑してるんだぞ？』
『君波の頭がおかしいだけだ』
『またあの君波透衣か……』
『大人しく先生の言うこと聞けばいいのに……』
『あーもういい、反抗期の息子と話すのは疲れる』
『ま、まあまあ。僕も高校生の頃なんてそんな感じだったしさ』
『どれだけ更生しようが今までやってきた悪いことが覆るわけじゃない』
『ほら見た事か！　姫とお前が共にあることをここの誰もが望んでいない！』

やっぱ俺って、だっせーんだ。

自分のやりたいように生きる、なんて俺自身はいいように言ってるけど、ワガママで、一人ぼっちで、プライドばかりが高くて、全部自分、自分、自分。そうしていつしか周りに人が居なくなって、それさえ周りのせいにして、他人に八つ当たり。これ程醜い人が他にいるだろうか。みんなこの世界で上手くやってるのに、適応できていないのは俺だけ。

俺が白姫の利他主義に腹が立っていた理由は簡単なことだった。

こいつを良い奴だと認めてしまったら、反対の俺が悪い奴になるからだ。

「もう放っといてくれよ……そうじゃないと……俺が一人で生きてるのが正しいって……示しがつかねえんだ……俺なんか、誰かを頼っていい人間じゃねえんだ……俺は俺……他人は他人……それでいいんだよ……頼むから放っといてくれ……」

自分で周りを突っぱねたくせに、自分一人で生きられないのが恥ずかしかった。

呆然と白姫の方を見ると、白姫は一言だけ、俺を悲しそうに見つめて言った。

「……大丈夫？」

白姫の目は心配そうだった。それだけ。他にたとえようがないただの心配そうな顔。

またかよ、なんだよ、こいつ。

校門で俺を引き留めてきた時も、高台まで俺を追いかけてきた時も、体育倉庫で俺を受け入れようとした時も、先生から俺を庇う時も、デートで俺を許してくれた時も、今も。

なんでこんなに、優しいんだよ。

「大丈夫って……しんどいに決まってんだろ」

「うん？」

一つ、ただの今の気分を口にすると、溜め込んでいた本音が止まらなくなる。

「鼻水止まんねえし……」

「うん」

「寒いし……」

「うん」

「誰かに……」

「……うん」


「そばに……いてほしい……」


言葉より先に涙が目から溢れていた。慌てて誤魔化すように涙を手で拭う。

ああ、そうだったんだ、俺。

「ご、ごめん……俺、えっ――」

そして白姫は、俺のベッドの上に乗り――俺をきつく抱きしめてくれた。

白姫の柔らかい胸の中に沈み、俺は狼狽する。

「白姫……？」

「あたしは透衣くんの味方だから――信じて」

どうしようもなく安心してしまった。

「甘えたかったんだね。……無理ないよ。ずっと一人で抱えてきたんだもんね」

白姫はあの頃あの人がしてくれたのと同じように、頭を何度も優しく撫でてくれた。

白姫は、俺の気持ちを理解してくれようとしている。どんな思いも、どんな奴も、受け入れる強さがある。これが白姫の優しい気持ちなんだ。

——人に優しくされる味。誰かがそばにいてくれる味。こんな味、知ったら……。

「うぅ……ふっ……うぅ……白姫……白姫ぇ……」

俺が咽び泣くと、白姫の抱きしめる力がぐっと強くなり、俺も応えるように白姫の背中に手を回した。

「大丈夫……大丈夫……」

白姫は何度も俺にそう言って、頭を撫でてくれた。

「白姫……」

「……どした」

白姫が優しい声で、俺の言うことを聞いていてくれる。

いつかのあのシェフの胸の中にいる時みたいに、俺はぎゅっと白姫に抱きついた。

「——ありがとう……」

◇

透衣は存分に泣いた後、リラに横にされ、安心しきったように眠った。

リラはその寝顔を、時間を忘れて眺めていた。いつもピンで止めてある前髪を下ろしている彼が新鮮で、その髪にクシャッと指を通して額を撫でると、こそばゆそうに眉根がぴくりと反応する。熱は少しずつ下がっているようだった。

『そばに……いてほしい……』

透衣の言葉がリラの頭から離れない。

透衣の店に対する気持ちは、継ぎたいというワガママなんかではなく、継ぐという意思なのだ。そしてそれを邪魔しているのは他でもないリラを含めた周りの事情。どの大人にも受け入れられず、想像の何倍も辛い思いをしてきたのだろうと、あの涙から推察した。

すると、下の店のドアベルの音が耳に届き、リラは透衣から手を離した。透衣が言っていたことを思い出した。

「……お店があるのか」

リラは透衣を起こさないように店に降りる。なにやら厨房の方で水音が聞こえる。

厨房を覗くと、店のシェフの人だろうか、開店前の準備を始めているようだった。

「……あ、あの！　シェフの方ですか？」

「……ん？　そうですけど……あれ、キミは確か……透衣の許嫁ちゃんか。どうした？　透衣とのお楽しみの邪魔でもしちゃった？」

　若干セクハラじみた冗談に顔を引き攣（ひ）らせつつも、そんな話をしている場合ではないとリラは首を振る。

「い、いやその……実は透衣くん、今熱で寝込んでて……」

「はっ!?　あいつマジかよ……今日、団体様の貸し切りの日なのに」

「貸し切り、ですか……？」

「そう……しかも高校の同窓会とかって聞いてるから、かなりの人数だ。三、四十人くらいだったような……」

「そんなに!?」

　シェフと情報を交換していると、さらにドアベルが鳴る。

「まさかもう来たんじゃ……？」

「いや、さすがにまだ早いな」

　リラは慌ててフロアを覗く。だがシェフの言う通り客ではなかった。少し浮かない顔をしてドアを引いたのはリラも知っている人物だった。

「……冠城（かぶらぎ）さん！」

「げっ……S姫……なんで……？」

　突然の来訪に胡乱（うろん）そうにするいちご。あまり歓迎されていないようだった。この店から透衣を奪おうとしている人物なのだから無理もないか、と、悲しい納得を自分の中でする。

　アウェイなムードに少し萎縮しながらも、リラは事情を説明する。

「透衣が、熱？　またいつものサボりだと思ってた……」

「そ、そうなの……」

「料理の方はいつも俺一人だから捌けるけど、いちご、お前一人でホール回せるか？」

「そ、そんなこと言われても……うちできるか……」

　困り果てる二人の様子を見て、この店に透衣の存在が必要不可欠だということをひしひしとわからせられてしまう。

　さっき透衣の思いに触れたリラは、底知れぬ良心の呵責に堪えられなかった。

「あの、あたしが手伝うとか……できないですか？」

◇

　シャツのボタンを上から掛けていく。リラの透き通る肌が隠れていき、緊張感が増す。

制服に身を包み、人生で初めて飲食店での接客をするのだ。不安でいっぱいだった。

「サイズどう？」

　いちごが更衣スペースの外から、リラを気にかける。

「大丈夫そう！」

最後にエプロンを巻いて、リラは着替えを終えて外に出る。外ではいちごが待っていて、値踏みでもするように自分の制服姿を見られた。

「……さすが白姫さんってカンジ。なんでも似合っちゃうんだね！」

「よ、よかった。ありがとう……」

ひとまず、服がちゃんと着られていないなんてことはなさそうで、リラも一安心する。

「手伝ってもらってごめんね。ホントにありがと！　あとでうちから透衣にもお礼言うように言っとく！　とりあえず今日は、うちら二人で乗り切ろう！」

リラの首肯の後、「じゃあ仕事の説明するね！」と、いちごはフロアに踵を返し、リラもそれに付いていく。

「まず、お客さんが来たら、入口まで行って、『いらっしゃいませ！』だよ！」

「うんうん……」

「さん、はい？」

「え？」

「言うの！　さん、はい？」

「い、いらっしゃいませ！」

「おっけ！」

いちごは顔の横できゃぴっとＯＫマークを作った。

いちごのいきなり試すような真似に、リラの心臓の鼓動は焦りで早まってしまった。こう見えてリラはかなり心配性なのだ。

「今日は貸し切りだから、注文聞いたりはしないんだ。それぞれのテーブルに料理を配膳して、お客さんがビュッフェ形式で好きな料理を手に取るの！」

「なるほど」

「だからうちらの仕事は、とにかく無くなった料理の補充！　無くなりそうになってる料理を真淵さんに伝えて、出てきた料理をテーブルに補充する！　食器の補充も一緒によろしくね！　お酒だけはお客さんが自分でカウンターに注文して、ギャルソンが作るんだけど、それはうちがやるから、白姫さんは運ぶのに徹してね！」

「真淵さんて、さっきのシェフの？」

いちごが答えるより先に、「そうだよ～、許嫁ちゃん今日はよろしくね～」と、既に調理に入っている真淵本人が答えた。

「あ！　はい！　白姫リラです！　こちらこそ！　よ、よろしくお願いします！」

挨拶を済ませると、ふといちごと目線が重なり、思わず二人でくすりと破顔する。

「よし、一旦それくらいかな！　あとわからないことがあれば、なんでもうちに相談してね！　大丈夫！　バカのうちでもできる仕事だから！」

いちごは仕事の把握でいっぱいになっているリラを見て、声音を優しく変える。

「白姫さん、結構緊張してる？」

「う、うん……あたし接客のバイトとかしたことなくて……」

「緊張かぁ、意外だなぁ。白姫さんってすごくなんでもできるイメージだったから」

「ぜ、全然だよ！　ごめん、本当にいっぱい頼っちゃうかも」

「もちろん、うちの初めての後輩だからね！　あ、うちのことはいちごでいいよー！」

「わかった！　じゃああたしもリラで！」

「よろしく！　リラちゃん！」

「こちらこそ！　いちごちゃん！」

二人はお互いの小さな手で握手を交わす。

「リラちゃん、可愛いとは思ってたけど、思ってた以上に可愛いんだね。そりゃ透衣が気に入るわけだ……同じクラスで喋ったこともほとんどなかったけど、もっとちゃんと知っておくべきだったなぁ」

「……？」

いちごの呟きにリラが首を傾げたちょうどその時、ドアベルが鳴る。

「あの、すみませ～ん、今日の幹事の者なんですけどぉ～……」

リラといちごは顔を見合わせ、客の元に二人、笑顔で駆け寄った。

「「いらっしゃいませ！」」

◇

参加者の揃（そろ）ったホールの賑（にぎ）わいは最高潮に達していた。

そんな最中のリラの仕事ぶりは、伊達（だて）にS姫と呼ばれていない、S級の働きだった。

「許嫁（いいなずけ）ちゃ～ん！　これパスタ！　持ってって～！」

「了解です！」

「リラちゃん！　シルバー減ってないー？」

「大丈夫！　さっき足したよ！」

料理を運ぶため厨房（ちゅうぼう）前の小窓に歩いた時、いちごがお酒を注ぎながらリラに話しかける。

「すごいねリラちゃん！　めっちゃできてんじゃん！　仕事！」

「ありがと！」

「これは透衣（とうい）が帰ってくる必要なくなっちゃうかもなぁ！」

「それは言い過ぎだよ」

冗談にクスッと笑みを零（こぼ）し、リラは料理を抱えてテーブルに戻った。

順風満帆に時は過ぎる。リラの心にもすっかりゆとりが生まれ、気持ちのいい汗とともに充実感が胸を温かく満たしていた。

「（大丈夫、やれてる）」

仕事を悠然と熟(こな)していると、束の間の暇(いとま)が生まれる。

「真淵(まぶち)さん！　さっき出したラタトゥイユ、あと半分です！」

「おっけー！」

「はい！」

料理の減りを真淵に伝え、料理の出来上がりを待つ間、リラは再会を懐かしむ同窓会の参加者の様子にぼーっと目を向けながらカウンターの端っこにあった柱の傍(そば)に歩いた。

いちごはカウンターにいる数人の参加者と楽しそうに談笑している。すごくアットホームで毎日が楽しそうな仕事場だな、とリラは静かに相好を崩す。

そこに一人の客が、ワインのグラスと小さな四角い料理の載った皿を持って、酔いが回った千鳥足で歩いてきた。さっきの幹事の人だ。

「あの〜」

「どうかされましたか？」

幹事は店を見回しながら、リラに尋ねる。

「今日、茶髪に髪留めをした店員さんっていらっしゃらないんですかね？　あの、なんか爽やかそうな……」

透衣のことだとすぐにわかった。この人はどうやら店に来たことがあるようだった。メゾンを訪れた客からはあの問題児、爽やかだと思われているんだ、と、自分のイメージとの差異に少しだけ驚く。

「実は彼は今日体調を崩してまして……あたし、その代わりなんです」

幹事は「そうだったのか～」と、残念そうに自分のおでこをぱちんと叩く。

「そっか～、この前のお礼言いたかったんだけどなぁ」

「お礼？」

「そう、少し前に彼女と二人でこの店に来たんだよね。背伸びしてフレンチとか来てみたはいいものの、出された料理がなにをどうしたものなのかもわからなくってさ。そしたらあの店員さんが親切に料理の説明してくれたんだよね」

幹事はカウンター席に座り、テーブルにワインを置いて、手に持っていた皿の上に載った『春野菜のテリーヌ』をフォークで切り分け、一口口に入れた。

「だから同窓会の幹事やるって決まった時、真っ先にここ借りようって思ったんだ。いや～、また会えないかな～あのイケメンのお兄さん」

もちゃもちゃとゼリー状に固められた野菜を食べ、ワインを一口呷ってから、お酒に酔った力のない顔でにへらと嫌味なく笑った。

「料理もおいしいし、店員さんもみんないい人だし、いいお店だよね～。ここ」

「……そうですよね」

自分がそんな場所の未来を阻む存在だなんて、言えるはずもなく、リラははち切れそうな罪悪感を、借りたエプロンの裾を握ることで紛らわせた。

◇

メゾンの閉店時間、午後十時。団体は、この後さらに数人で二次会を他で行うとかで、気持ちよさそうに店を後にした。リラは粛々とお辞儀をして、最後の客を見送った。

「ありがとうございました！　またお願いしますね〜！」

いちごは元気よく手を振る。酔って潰れた帰宅組の客が、かさばる荷物のようにタクシーに詰め込まれる姿に、リラといちごは揃って微笑んだ。

「リラちゃん、今日はありがとうね。すごく助かっちゃった」

「いやいや、こちらこそ……」

リラが謙遜しつつ、同じように頭を下げると、いちごは外に設えてある木の腰掛けにちょこ、と小さく座りこんだ。

「……透衣と結婚するカンジ？」

「えっ……と……」

突然の踏み込んだ話に、リラの胸はきしりと痛む。

「あたしは……そのつもり、だけど……」

「透衣は、どうなんだろね」

いちごがどういうつもりでこの話をしているのかはわからないが、リラからしてみればまるで罪を白状させられているようだった。

「……さ、さあ」

「したくないんじゃないかな」

苦し紛れにとぼけるリラに、いちごは毅然としたトーンでそう言い切った。

「透衣ってね、料理してる時や接客してる時、すごく楽しそうなの。うちもそんな透衣を見てる時間がすごく好き。メゾンと向き合ってる透衣は、学校の時と違ってすごくキラキラしてるんだ。うちはそんな透衣が大切で、この店のこともすごくすごく大切なの」

「……そう、なんだ」

「うちね、リラちゃん……」

「……うん？」

「透衣に、メゾンを諦めて欲しくない」

「……」

「リラちゃんのおうちにどういう事情があるのかはうちにはわかんない。けど、透衣が辛い思いをしてるのはうちにもわかる。うち、透衣に笑って欲しい。夢を追いかけていてほしい。だからこの先リラちゃんや大人の人がどうするのか、少しは透衣の気持ちのことも、それからお店のことも考えてほしい……」

リラの中で完全な矛盾が生まれた。

家庭の事情のため、自分は透衣と結婚する道を選んだ。だがそれは、この店に関わる人にとって、ただの邪魔。どちらかを選び、どちらかを捨てる。できる最善を尽くし、すべての人の期待に応えてきたリラにとって、犠牲を生むということが大きな壁だった。

「ごめん、うち、いじわる言っちゃったかな……でも透衣がお店を諦めちゃうの寂しくて」

「……ううん、そんなことない。いちごちゃん、透衣くんのことを大事に思ってるんだなって、そう思ったよ」

「リラちゃん……もしかして、わかってくれたってこと……？」

いちごは混じり気のない照れ笑いを零(こぼ)す。自分もこんな風に笑えたら、と嫉妬した。

「うん、わかった。あたしも、そうしないとね」

いちごとは対照的に、リラはまたいつもの作り笑いを浮かべて、理解のある優しい女の子を演じ、短くしてしまった醜い髪を触ると、キュッと後悔を戒めるように掴(つか)んだ。

◇

「……んんっ」

目覚めるのは何度目か、すっかり熱は引いているみたいだった。俺は誰かの手を握ったまま泣き疲れて寝てしまっていたらしい。

「しら……ひめ……？」

俺は手を伸ばしてくれている、ある人に目を凝らす。

「……S姫じゃなくてすみませんでしたー」

「いちごッ……!?」

驚きで一気に目が覚め、俺は作動したネズミ捕りみたいに勢い良く起き上がる。

「今何時だ……？」

「夜、十時半。お店閉めた後だよ」

「そ、そうだ店ッ！」

「S姫が手伝ってくれて、もう団体さんは帰った。だいじょーぶ」

「あいつそんなこと……そ、そうか……それに俺あいつに看病までしてもらって……」

「もういいんだよ、気にしないで」

いちごは小さく笑った。俺の考えすぎか、その『もういい』には、今日の営業のことだけではない、何か別の含みがありそうに思えた。

「え？　もういいって……」

「あ、真淵さんが作ってくれたシチューあるけど、食べる？」

「え、あぁ……そういやすげー腹減ってる……貰うよ」

「わかった、今持ってくるね」

「うん……いちごも、ありがとな、店出てくれて」

「なに言ってんの。うちもメゾンで働いてるんだから、当たり前でしょ」

「……そうか」

今日一日で気づいた。俺は、一人じゃなにも出来ないのだ。

いちごがいて、真淵さんがいて、そしてあいつがいて。だから今日、メゾンも俺も無事だった。もっと今隣にいる人を大切にしないと、いつか本当に一人になった時、俺はきっと一人ぼっちじゃメゾンを守れない。

「……明日、白姫にちゃんと礼言わなきゃな」

Chapter 8. リ・オ・レ

変だ。白姫（しらひめ）からの命令の連絡が届かない。

いつもなら朝、なにかしらやることが必ずあって、終わった頃に次の指令が来るはずなのに、今日は朝もその後もなにも連絡がない。

二限目の授業中、白姫の方を気にする。白姫はいつもとなんら変わらず先生の話に目を向け、しきりに机のノートや教科書に視線を下ろす。時々ペン回しをしたり、癖なのか、唇を舐（な）めたり、髪を耳にかけたり……っておい、エロい目で見てる場合じゃねえだろ。

ていうか、俺としては雑用なんて面倒だし、ねえならねえでいいんだけど。まあ、風邪の看病してもらって、店を手伝ってもらった借りもあるし、一応？　そう、一応。次の休み時間にでも直接聞いてやるか。

そうしてチャイムが鳴って、俺は席を立って白姫の席の方へ歩いた。

「なぁ、白姫――」

「……」

――白姫は俺の呼びかけに応じず立ち上がると、そのまま教室を出ていった。

……え？　今、逃げられた？

まあ、気づかなかっただけか？　にしちゃあどっか行くタイミングが俺の声かけた瞬間とドンピシャな気がするけど。まあいいか、チャンスはいくらでもあるし。

しかし、その後も白姫と話すことは叶わなかった。

教室で声をかけると逃げられ、すれ違いざまに声をかけてもスルー。ＬＩＮＥも既読無視。

……明らかに避けられている。

それに、避けられる度に俺が白姫に無視されているという事実が噂として校内で伝播し、段々と俺が後ろ指を差され始めた。

いや、さすがに納得いかねえんだけど。俺なんかしたっけ……。

『――どっかいけ！』

んー、したなぁ……。

いやいや、よくよく考えてみろ俺。嫌われて避けられてるってことは、もう俺は結婚しなくていいってことだよな。だったら俺とあいつは赤の他人。下僕も辞められるし、店も守りきれたんだ。そうだ、願ったり叶ったりだっつーの。

考えている間に、気づけば半日が過ぎ、昼前最後の授業を受けていた。

とにかく、あいつのことはもう考えないようにしねえと……。

『甘えたかったんだね。……無理ないよ。ずっと一人で抱えてきたんだもんね』

……昨日の礼も、言えずか。

そして、昼休みを告げるチャイムが鳴る。食堂かどこかに向かうのか、白姫が友人に誘われ、一緒に教室を出ようとしていた。

「あっ！」

「「「……？」」」

「あっ、いや……」

白姫（しらひめ）を引き留めようと、無意識に声を出してしまった。なにやってんだ俺……もういいんじゃなかったのかよ。

普段教室で一言も発さない俺が出した一声に、クラス一同が振り返る。さすがにクラス全員が俺に反応しているこの状況で無視はできなかったのか、白姫も足を止めた。俺は白姫と今日初めて目と目を合わせる。もし今ここでなにもなければ、もう俺と白姫は二度と関わることはないだろう。

だったら——。

「……白姫」

白姫は改めて俺の方を向いた。

「なんで無視すんだよ」

「……」

白姫はそれ以上なにも言わずに、ただ俺から目を逸（そ）らした。でももう、話を始めた俺は引き返すことが出来なかった。

「昨日、嫌なこと言っちまったからか？　ごめん、熱にうなされてて、気が動転してて……それか他の理由があんのか？　だったら言えよ、なにもいきなりこんな――」

「おい、リラが嫌がってるだろ」

「ッ……風間……」

本当に言いたいことが言えないまま、風間が俺と白姫の向かい合う線を途切れさせるように間に入る。白姫の姿は風間で見えなくなった。

「察しろよ。リラの目がやっと覚めたってことだろ。お前みたいな問題児とリラは仲良くなんかしない。そういうことだ。もう二度とリラに近づくな」

「そんな……」

なにも言えずに立ち尽くしていると、風間はそれに見切りをつけて白姫の方に振り返る。

「リラ、英断だよ。君波とはもう関わらなくていい」

「……うん」

風間や他の連中に連れられて、教室を後にする時、一瞬白姫はこちらを向き、「ごめん」と、それだけ呟いた。

「なんでまた……謝んだよ……」

◇

昼休み中、適当な菓子パンで昼食を終え、いつものようにいちごオレを咥えて自販機から教室に帰る最中の俺。廊下の窓から見える中庭のベンチと、嚙んでいるストローの組み合わせが、白姫との思い出を想起させる。

教室の扉を引く。教室に白姫の姿はなかった。

まだ食堂にでもいるのかな。って……いつまで引きずってんだよ俺。未練タラタラかよ。

首を振って教室後ろの入口から中に入り、自分の席に目を戻した瞬間だった。

「透衣！」

馴染みのある明るい声が俺を呼んだ。

……いちご？

教室の端で友達と輪を作っているいちごと目が合って、いやんなわけねえ……だってあいつとは学校では話さない約束になってってだな。ていうか、目合わせちゃダメだ。あいつと知り合いってことがバレたらあいつに迷惑かかるし、俺も色々面倒だ。

でもあれ、やっぱなんかあいつ、こっちの方に歩いてきて……ていうかこの展開なんだかデジャブなんだけど。

嫌な予感はバッチリ当たる。いちごはしっかり俺の目の前まで歩いてきて、はっきりと俺を名指しする。

「透衣、お店のことで話があるんだけど！」

ざわざわ……と、俺たち二人の組み合わせを訝しむクラス一同。

「お前……なんで普通に喋りかけてきて……」

「なんでって、そりゃあ……」

いちごはもじもじと体を揺らしながら、恥ずかしそうに上目遣いで言う。いや待て、やっぱり俺この感じ知ってるぞ。

「そういう関係……だからでしょ？」


「ええ……」

「「「「ええええええ〰〰〰〰ッッッ!!!!!!」」」」

予想だにしない衝撃に耐えきれない驚愕の雷。そうなると思っていたから黙らせていたのに、いちごは自らその沈黙を破って俺に話しかけてきたのだ。

「わ、わかった！　話な？　ここじゃなんだからついてこい！」

「――うん」

俺がいちごの手を引くと、白々しさや開き直った雰囲気が露骨に伝わってくる。たぶん、俺が何に対して苛立っていていて、これから何を言うのか、わかっているのだ。そしていちご自身にも、なにかそれに対する意思があるのだと思う。

俺が引っ張り回している間、いちごはなにも言わなかった。そこになにか、こうするに至るまでの覚悟のようなものを感じる。

とりあえず人気（ひとけ）のない、本校舎の屋上に連れてきた。立ち入り禁止らしいが、仕方ない。

俺がいちごの方を振り返ると、いちごは目を眇（すが）めて俺の方を見る。それは屋上に吹く風にか、それともこれから俺が言い聞かすことに対してか。

「どういうつもりだよ」

「どうってなにが？」

「なんで俺に話しかけてきたんだよ。学校では関わらねえ約束だろ」

「そうだったね。なんでだっけ」

仕事の時はまとめている髪を今は下ろし、さらさらと風の吹く通りに靡（なび）かせている姿は、普段のいちごより濃艶に感じる。

「だから……俺なんかと関わってるって知れたら、お前もそういう奴（やつ）だって思われんだぞ」

「うん、わかってる」

「じゃあなんで――」

「うちには、関係ないから」

いちごは、後ろで手を組み、真（ま）っ直（す）ぐ俺を見据える。ただの同僚という意識が強かったいちごに、初めて一人の女性として相対しているという感覚が芽生える。

「誰になにを言われるとか、そんなのうちの気持ちに関係ない。うちは仲良くしたい人と仲良くしたい。それだけだよ。この気持ちは、うちだけのものなの」

「お前……」

いちごの言い分はどこか、俺が吐いてきたセリフに似通っている。

「透衣が嫌ならやめる。でもうちはこれでいいの。透衣と一緒にいてみんなにどう思われるとか、そんなことうちにしてみればどうだっていい。それくらい、うちは……」

途中で話が止まった。俺が続きを促すように「うん？」と相槌を打つと、いちごは「やっぱりなんでもない」と首を振る。

「……とにかく、これからは学校でも仲良しでいさせて？　……ひょっとしてダメ？」

いちごと関わることで起こる責任を負うのが面倒、だなんて本当はただの強がりだった。いちごと学校で仲良くしてしまったら、きっといちごは陰で、俺を絡めた悪口や噂に巻き込まれてしまうはずだ。実際それは白姫が俺と一緒にいることで立証してしまった。だから恐かったのだ。深く関わることで、大切な唯一の友達であるいちごを傷つけてしまうことが。

でも今、こうしていちごの方から、それでもいいと歩み寄ってくれている。

誰かにそばにいてほしい。それが俺の本音なのだ。心底恥ずかしいけど、この状況が嬉しくないわけがなかった。

「そりゃ仲良くできるなら……その方がいいけど……」

「――嬉しい……！」

俺が目を逸らしながら頷くと、いちごは感情のままに俺の胸に飛び込んできた。

「わっ！　え、ちょ、いちご……？」

「嬉しい……ずっと学校でも話したかった……寂しかった……知らないふり、するのも、されるのも……うちだけは透衣の味方でいたかったから……」

……いちごって、こんなに俺に懐いてくれてたんだ。

いちごの頭をポンポン、と二回撫でると、いちごはくしくしと俺の胸に余計張り付いて離れなくなった。そのいちごの熱が、胸をぽかぽかと温める。


『口に合わないってさ、食べてもないくせに』


今更、いちごのセリフの真意が理解できたのだ。

俺が食わず嫌いしていただけで、わかりあえばこんなに近くにいられるんだ。

「……リラちゃんのこと」

俺が気づきを得たところで、いちごは俺の胸に顔を埋めたまま、話し出した。

「——え？」

「リラちゃんが透衣から距離とってるの、多分うちが言ったからかも」

「は？　いや、でもなんで……」

「うちが言ったの、ちゃんと透衣のことも考えてあげてって。透衣の邪魔してほしくなくて——透衣から離れて欲しくて……。それで多分、S姫は透衣のために今距離をとってる」

ぎゅっと、いちごの手が俺のパーカーを掴む。少しだけ、俺の知らない間に起こった白姫との出来事への後悔も混ざったような、それでも俺のために正しいことをしたんだと俺に縋るような、そんな力の込められた手がパーカーを握る。

「でも、もういいでしょ？　S姫との婚約も終わらせられて、メゾンも守れた。これで、全部解決したでしょ？　だからもう——透衣はいつも通りでいいんだよ。ね？」

「……そ、そうか」

……いちごから白姫に言ってくれたのか。だから白姫は折れてくれて、俺はまた夢を追う生活に戻れるんだ。

「行こ、透衣。もう大丈夫だからね」

「うん、その……ありがとな……いちご……」

いちごはふわりと微笑んで、俺の手を引いた。

そうだよ。メゾンを守って、あの人に会うんだ。それが俺の夢なんだ。

屋上から下りるこの一歩目から、俺はまたメゾンのシェフを目指していいんだ。きっと親父は反対するけど、それでも社長や婚約の制約があるよりずっとやりやすくなった。元通りでいいんだ。これでいいんだ。

それなのに、なんで。

――なんでこんなに、あいつの顔が頭から離れねえんだ。

◇

白姫からの言いつけがないと、授業中もぐっすり眠れるようになった。

あっという間に六限が終わり、放課後。

あー、ホントになにもなく今日が終わったんだ。今日から、これでいいんだ。

これで――いいのか？

そんな時だった。

「君波くん？　ちょっと職員室までいいかな？」

帰りのホームルームが終わったあと、俺にそう言ったのは担任の平井先生だった。

「……なんすか？」

俺が立って返事をすると、笑顔で俺を「いいから」と手招きした。なんのことやらと俺も先生に付いて行く。

「昨日はサボりですか？」

「いや、マジっすよ。久々に風邪ひいたっす」

「あら、本当に寝込んでたのね！　連絡してくれればよかったのに……もう平気なの？」

「はい、まあ」

「そう、じゃあまたいつも通り学校に来れるのね」

んま、白姫の言いつけもなくなったし、明日からまた、サボるだろうけどな。

そうして職員室に辿り着き、俺は平井先生のデスクまで歩いた。

「それで、なんか用っすか？」

「用って……これ、君波くんも白姫さんも取りに来ないから、どうしたものかと……」

「あぁ……」

先生が机の引き出しから出したのは、ここ数日俺の日課だった学級日誌だった。

そっか、最近は俺が取りに行くのが当たり前だったから、白姫も忘れてるのかもな。

「昨日、君波くんが取りに来ないから先生も忘れちゃってて……さっき思い出したんだけど今日も取りに来なかったから。もう、忘れちゃダメですよ～？」

「……いや、その」

はっきり言って、もう俺がそこまでやってやる義理もない。俺は白姫に逆らえなかったから学級日誌を書いていただけで、当然だが俺の善意なんかではない。ただそれを先生にどう説明したものか。

いや、言えばいいのか。

「……先生。俺もう学級日誌書かねえっすよ」

「あら？　なんで？」

「元々これも、白姫に頼まれてたことなんです。白姫とはただ親が知り合いで、事情で一緒にいねえといけなかっただけ。その間白姫がどうしてもって言うから、仕方なくやってただけなんで。それで昨日ちょうど、もうあいつのこと手伝わなくてよくなったところで、だからもう」

「ええ～、そんなぁ……先生寂しいなぁ……シュン……」

くたりと肩を落とす平井先生。先生は学級日誌の表面をいじけるみたいに撫でた。

「白姫さんね、君波くんのために、色んなところにお願いして回ってたのよ。『透衣くんはいい人なので、お手伝いさせてあげてください！』って……色んな部活や、色んな先生に掛け合って、君波くんの印象を少しでも良くしようと、頑張ってたのよ。きっとこの日誌もその一環だったのね。君波くんが学校で嫌な思いをしないようにするための、ね」

でもそれは、白姫家が持ち掛けた取り引きのため、俺を更生させるためのことだ。

「……それも事情があってのことっすよ。先生は知らないだけで――」

「君波くんも知らないんでしょ。白姫さんの気持ち」

「は？」

「あの子が頑張っていたことに事情や理由があったかどうかは、先生の知るところじゃないけどね。でも、あの子の気持ちなら、知ってるわ」

平井先生は、トントン、と、ピンク色のネイルをした可愛い爪で日誌を叩いた。

「ここに、書いてあるもの」

「…………え？」

平井先生は俺に日誌を渡した。

開いても、俺が今まで書いてきた記録や、それ以前に白姫が書いてきた記録があるだけ。

──白姫が書いてきた、クラスの記録……。

少し気になって、俺はクラスが始まった当初の日誌から読み始めた。

──4月7日（金）

『みなさんの推薦で学級委員になりました。私に務まるかわからないけど、期待に応えられるように精一杯頑張ります。』

そうだ、そういえばクラスで学級委員を決める時、誰も立候補しなかったせいで推薦投票になって、それであいつに決まって、無理やり学級委員にならされてたんだったっけ。

断ってもよかったのに、どこまでもお人好しなヤツ。

——4月13日（木）

『みんな少しずつ、新たなクラスに馴染み始めている様子。君波くんが始業式以降、少し欠席しがちなのが心配。』

……あいつ、俺の事書いてる。まあ、型式的に書いただけだと思うけど。先生が言ってたのってこれか？　だったら全然……。

——4月17日（月）

『君波くんが学校に来た。他に欠席者もなく、全員出席。クラスのみんなが揃って良かった。』

また俺の事書いてる……俺みたいな問題児が学校に来たか来てないかなんて、どうでもいいじゃん……なのに、なんであいつ俺のことなんか、ずっと——。

そしてまた、ページを繰る。

——4月19日（水）

『今日の六限。日本史の授業で君波くんが、近藤先生に叱られていた。理由は、彼が耳に付けていたピアスが校則違反だということ。

だけど君波くんは、「ピアスを付けることの何が悪いのか、ピアス自体を校則違反にすることの方がおかしい」と反論していた。先生はそれに、「校則を守らないなら帰れ」と怒鳴りつけ、私が引き留めたけど、君波くんは家に帰ってしまった。

私は彼の言い分の方が正しいと思った。

ピアスを付けることは校則で禁止されているけど、実際それを禁止する理由についてはどこにも書かれていない。ピアスをするかしないかだけじゃなくて、人がどんな格好をするかは、人の自由だ。それを大した根拠もなく無理やり縛り付けるのは、間違っていると思う。そしてそれを、圧力に負けず恐れず一人でも主張する君波くんは、どこまでも芯があってすごくカッコよかった。

彼が学校に来なくなる理由は学校にあると、私は思います。

直接話す機会があれば、私はあなたの味方だと彼に伝えたいです。』

その手記を読んだ瞬間、ずっと一緒にいた白姫の色んな顔がリフレインした。


『あたしだって結婚なんてしたくないからッッッ!!!!!!』

『……あたしも、そんな真っ直ぐに生きられたらいいのにな』

『あたしはみんなに優しくありたいの』

『透衣くんは内緒にしててね。――知っての通り、あたしが性格悪い子だってこと！』

『ホントにね。辞められるなら辞めたいくらい』

『それでも透衣くんは、仕方ないって、あたしの言う通りにしてくれる。――普段ワガママ言わないようにしてるあたしにしてみれば、実はそれがちょっと心地よかった』

『これで先生に目を付けられるくらいなら、あたしも不良でいい』

『あたしは透衣(とうい)くんの味方だから——信じて』

俺はそこで、日誌を閉じた。

「日誌、今日はいいわよ。行っておいで」

先生は学級日誌を読み終えた俺に、また朗らかに微笑(ほほえ)んだ。

「……あざす」

俺は日誌を先生に返して、職員室を飛び出した。

夢の邪魔をしてくるワガママな女だって、そう思ってた。

でも違ったんだ。

結婚も俺の更生も、白姫(しらひめ)自身のためじゃない。ずっとあいつは誰かのために動いてた。

いつだってあいつは、俺に手を伸ばそうとしてくれてた。そしてその上であいつは、自己の願望と自己犠牲の境で悩んでたんだ。

『料理は表面だけで見てもなにも分からない。食べて味わって、初めて料理のすべてを知るの。人もそれと一緒で、見た目だけでどんな人か判断しちゃダメだよね』

やっぱり、そういうことだよな、カミーユさん。

今は放課後。ひとまず学校に白姫が残っているかどうかを確認するのが先決だ。

駆け足で階段を下り、下駄箱(げたばこ)で白姫の外靴がまだ下駄箱の中にあることを確認し、俺は一度クラスの教室に戻った。

俺のために白姫は関係を終わらそうとしてるんだ。でも肝心な時に強がるあいつのことだ。もしかすると、あいつの本心は別のところにあるかもしれない。

あいつの本当の気持ちを、俺はまだ聞いてない。

自分のために生きられない人生なんて——俺は絶対に許さない。

当番による掃除も終わり、扉の窓から見るに教室は既にもぬけの殻。

じゃあどこにいる……。

『たまに一人になりにここに来るの。透衣くんとこの店の雰囲気に似てていいでしょ』

あそこなら、もしかして……。

◇

放課後、リラは風間(かざま)に呼び出され、またあの体育館裏に向かっているところだった。

生まれ育った境遇のせいだ。気づけばずっと他者のために生きてきた。それが当たり前で、常識だと思っていた。自己中心なんてさもしいもの、そういう意識が強かった。

だがその人生の途次、リラの前に現れた男は、そんな自分がバカらしくなってしまうほど、自分の意志を曲げない男だった。

学校で周りの人間の期待に応え続け、メディアで数多（あまた）の人間に夢を与え、あまつさえ自分の青春をも放り投げてまで結婚に臨むつもりでいたのに、その覚悟さえも嘲笑（あざわら）うかのように無下（むげ）にして、男はなにふり構わずノーを貫いた。

それがリラにとってなにより許せないことだった。なぜ自分は他人のために生きているのに、彼は自分のために生きているのか。自分を捨てて男のものになる気でいた良い（い）子の自分がなぜ、己のことしか考えていない問題児に拒絶されなければならないのか。腹が立ってしょうがなかった。

だからリラは、彼からすべての自由を奪ってやろうとしたのだ。これまで自分がワガママを我慢してきた分、その鬱憤を晴らすつもりで、服従を誓わせた。

ざまあみろ——と言えたらよかった。

一緒にいて気づく、彼の本質。

彼の中にあるのはただのワガママとは違ったのだ。彼が説いているのは自分の正しさではなく、個人の大切さ。彼はリラのワガママさえも肯定したのだ。

元々自分が透衣（とうい）の自分本位な態度に腹を立てていたのは、それが良くない態度だったからではない。ただ生き方を羨ましいと思う嫉妬でしかなかった。

そんな自分の惨めさに気づいた最中の事。

『そんな嘘の優しさなんていらねんだよ！　みんなみんな嫌いだ！　俺の敵だ！　消えろッ！　どっか行っちまえッ！』

『少しは透衣の気持ちのことも、それからお店のことも考えてほしい……』

あとは自分のしていることの浅ましさを思い知るだけだった。

自分と彼は一緒にいない方がいい。そうしないと、きっと彼の真っ直ぐな心を汚してしまうから。

「(嫌われちゃったよね……もともと、好かれてもなかったと思うけど)」

……でも本当は、リラの心の中にはまだ、透衣に対して未練があった。

このまま自分の気持ちも、彼との関係も、徐々に火を弱め、消えてしまうのだろう。

名残惜しさに痛む胸をいたわる暇もなく、体育館裏のすぐそばに辿り着いてしまう。

風間の話とは一体なにか、そんな不安を誤魔化すように、リラはいつもの巧妙に作った偽の笑顔を作って踏み出す。

「……風間くん！」

「来てくれたんだね……よかった」

「そりゃ来るよ！　それで？　今日はなんの用かな？」

無理矢理な笑みを浮かべるリラ。すると風間は、リラが予想していた本題には入らずに、早足でリラの方に近づき、リラの手を握った。

「ここじゃなんだし、場所を変えよう。ほら、こっちに来て」

「ちょ……えっ、どこに——」

風間に手を引かれ、体育館裏から離れたその後、リラは連れられて来たとある場所を見上げて思わず絶句する。

——旧校舎だ。

自分にとっては思い入れがある場所、誰も踏み込ませなかった自分のテリトリー。そして、大半の生徒にとって、ここは踏み入ることのない場所だ。

引っ張る手は強い。どこか奇矯な雰囲気に、リラは恐怖する。

そしてリラは、風間が止まった教室の前で、彼が自分をここに連れて来たのが、単なる偶然ではないことを悟る。

……いつも透衣と会っていた教室の前だ。

風間は入るなり、まず扉についた旧式の内鍵をしめた。

「一応確認するけど、君波とはもう、縁を切ったんだよね？」

「え……？　ああ、う、うん……」

「そっか……ふふ、嬉しいよ！　ああもう、やっとわかってくれたんだね……！　あいつはリラを幸せにできないって！」

　そして、

「――えっ？　ちょ……やっ！」

　風間はリラの唇を狙った。

　すんでのところでリラが躱し、ことなきを得るも、風間はリラの怯えた姿に依然として爽やかに微笑んで、教室の窓際に並べられた机の上に、リラを押し倒す。

「好きだ。リラ」

「え……」

「ずっと前からリラのことが好きだった……リラを幸せにするのはあの問題児じゃない。俺なんだよ」

　出来るだけ来るものを拒まず受け入れてきたリラだが、さすがに告白に曖昧な態度を取ったことはない。誠実に、好きではない人には好きじゃないと、そう伝えてきた。

……というか早く断らなければ、この状況を止められない。このままだと一方的に犯されてしまう可能性もある。

「ち、ちょっと待って。ごめん……あたし今はそういうの考えてないから……」

「ううん、わかってる。だから今はわからなくてもいい。これから俺を好きになってくれれば、いや好きにさせてみせるから」

「（うわっ）」

しかし、話が通じない。風間の酷い言い分を聞いて、改めて透衣の自分の貫き方が至って正攻法であったことに気づかされる。

透衣は自分を信じて生きているだけだ。他人に自分をとやかく言われるのが嫌いなだけで、別に自分のために誰かに危害は加えない。それに比べて風間は、自分の思いこそが世界の正義であり常識であり秩序なのだと、そう思い込んでいるのだ。

「ずっと苦しかったんだ……リラと君波が一緒にいるところを見ると、心が張り裂けそうだったよ。取られちゃうんじゃないか、リラが遠くへ行ってしまうんじゃないかって……でもこうしてまた戻ってきてくれた。もう俺、リラを手放したくないんだ。俺のそばにいて、リラ。俺と付き合って欲しい」

「だから、ごめんなさいって……」

「……えっ、いや……なんで？」

「そんなの、あたしは風間くんのこと好きじゃないから……」

「いや、じゃなくてさ……俺は今は好きじゃなくてもいい、これから好きになってくれればいいって、そう言ってるんだよ？　俺と付き合えば幸せにする。あいつみたいに辛い思いもさせない。それなのに付き合わない理由って……なに？」

「やだ、怖い……なに言ってるの……？」

うまく言葉が出てこない。もう恐怖で自分を取り繕うこともできなくなっていた。そもそもこの議論になんの意味があるのか。今後宝くじが当たる可能性があるからどれだけ借金してもいい、みたいな理屈だ。今好きじゃないから付き合いたくない、こんなに単純なことを、まわりくどい理論とこじつけで捻(ね)じ曲(ま)げようとしている。

「怖くない。リラはわかってないんだよ。俺がどれだけリラのことを思ってるかをね。俺と付き合えばリラのためにもなるんだよ……」

「言ってる意味が……」

「それでもいい。これから俺の思いの強さ、わからせてあげるから」

また風間がリラの唇を奪おうとする。

「ちょっと待って……！」

「全部好きだよ。可愛(かわい)いくて綺麗(きれい)で、みんなの憧れで、スポーツも勉強もなんでもできて、優しくて、いつも笑っていて、誰も傷つけない。素敵な女性さ」

風間の顔がリラの顔にゆっくり近づく。

「嫌ッ……！」

「なっ……」

キスなんて、何度も何度も、好きでもない透衣と交わしてきたはずなのに。

——この唇を捨てきれない。

風間の様子が変わり、リラの手を押さえる力が一気に強まる。

「なんで？　なんでわかってくれないんだよッ？　俺がここまで言ってるのにッ……」

リラは藻掻いて拘束から逃れようとする。だが、男一人の力を前に、状況はびくともしなかった。透衣がずっと、自分の乱暴に甘んじて手加減してくれていたのだということに、こんな形でようやく気づく。

「何回も何回もあんな男に唇を奪われてッ……！　くっそッ！　俺が今上書きしないとリラは汚れたままなんだッ！」

「嘘……なんで……それ……」

風間は目を凝らして、執着を滲ませてリラの瞳を見つめる。

「全部知ってるよ？　ここで二人がなにしてたか」

「そんな……」

そして風間は、善行のようにこれまでのすべての悪行を述べ立てる。

「——全部リラのためなんだよ？　体育倉庫に閉じ込めたのは二人のヒミツを暴くため。デートの後をつけたのはリラを彼から守るため。噂を流したのはリラに目を覚ましてもらうため。決闘を先生に報告したのは君波を干すためさ」

リラは衝撃的な事実に声を震わせる。

「そんな……風間くんだったの……？　全部……？　良い人だと思ってたのに……」

「ああ……それもわかってくれないんだね。だったらもう、俺も無理やりにでもわかってもらうしかない」

人間としてのなにかを諦めたような、サイコじみたオーラを滲ませて、風間はリラの目を逃さず見つめる。

「ねえリラ、リラがあの問題児と毎日キスしてたこと、みんなに言っていい？」

「だ、ダメ……」

あの関係がそのままみんなにバレてしまったら、きっと透衣も自分も、この学校に居場所がなくなってしまう。それに自分の仕事にだって支障が出るだろう、そうなると自分のデメリットだけじゃなく、事務所や関係者にまで迷惑が及んでしまう。

「じゃあ、どうするべきなんだ？」

あぁ、と今更どうにもならない罪悪感に苛まれる。

自分が透衣にしていたことは、こういう事だったんだ。

折られたくない芯を、弱みに付け込んで無理やりへし折る。一人の人間をさも所有物のように扱う。自分の醜態の鏡写しだ。

「わかっ……た……言うこと聞くから……言わないで……」

風間(かざま)の口角がにやぁ、と、緩やかに上がる。

気持ちの悪い顔が近づき、走馬灯のように彼のことが頭に鮮明に浮かぶ。

最後にリラの心に浮かんだ自分の気持ち。それは、ただ彼に会いたいという切なる願いだった。

そして、リラの心は殺され、光を失ったリラの目から、一滴(ひとしずく)の涙がこぼれ落ちる。

風間の口がリラの唇に及ぶまであと数センチ。

その時だった。

……ガタガタ。

「ん、あれ……開かね……おっかしいな……」

外から声がする。それもなぜか、心の奥底が満たされるような、声。

この声――。

「……白姫(しらひめ)？　いんのか？」

その声を聞いて、ずっと見て見ぬ振りをして、仮面で押し殺して、もう一つの自分で欺いて、どうにか存在を隠し続けてきた、本当の自分が心の奥底から殻を破ろうとしている。

自制心から解き放たれ、自分の思い通りに生きたい、そう渇望している。

「――透衣(とうい)くんッ……！」

「くそッ……静かにしろッ……」

「嫌だッ！　透衣くんッ！　助けてッ！　透衣くんッ！」

リラは残された力の限り抗(あらが)い、ひたすら彼の名を叫ぶ。

「白姫ッ？　おい！　大丈夫か！　くっそ扉が……白姫ッ！」

透衣くん……。

『人がどんな髪型にしようが、そんなの人の勝手じゃん』

……透衣くん。

『俺でよけりゃ付き合ってやるよ。確かにお前はムカつくやつだけど、……それでも、おっきく括(くく)れば同じ被害者だろ』

――透衣くん。

『……嫌なら嫌って言えばいいから』

透衣くんッ――。

『誰かを好きって気持ちも、何かをこうしたいって思いも、全部ぜんぶ、白姫だけのもんなんだッ!!』

リラの足掻(あが)く足先が風間の腹にヒットする。今しかない。必ず届くと信じて、いつだって傍(そば)にいてくれた、いつだって背中を押してくれた彼の名を、ありったけの声で叫ぶんだ。

「助けてッッッ!!　透衣くんッッッ――――!!!!!!」

――ドバキィイイッッッ!!　バタンッ！　バタバタンッ！

とてつもない爆音に、風間（かざま）は一瞬肩をびくりと凍らせ、犯そうとしていたリラから目を離して後ろを振り返った。

そこにあるのは、真っ二つになり地面に横たわる教室の扉と、右脚をこちらに向け大きく突き出した――リラが切望した彼の姿だった。

「透衣（とうい）……くん……」

「――そこのキノコ頭ノッポ」

透衣は雑にその右脚で、自らが崩壊させた扉の破片を踏み、風間を睨（にら）みつけた。

「白姫（しらひめ）から手ぇ離せ」

透衣の冷厳な目が風間を睨む。

「君波（きみなみ）透衣……俺の邪魔ばかりしやがって……もうお前はリラに捨てられたんだよ！　今更お前になんの権限があるッ！」

「だったらそれも権限があってやってるってのか。白姫は嫌がってんぞ」

「だから俺はリラの幸せを思って……どいつもこいつも俺の想（おも）いをわからずに……もういい、ならわからせてやるッ！」

風間は憤怒し、拳を鳴らして透衣の方に向かう。確実に手を出す気だ。

「やめて！　風間くん！」

「この野郎ぉぉぉおッ！　――ぐあッ！」

風間の渾身の力を込めた拳は、透衣の裏拳にいとも容易く薙ぎ払われた。

ドスッドスッ――。

さらに透衣の軽快かつ重い二段蹴りが風間の両脇にヒット。

「うぐぅッ……」

肋を押さえて苦しむ風間。

その一瞬の隙を逃さず、透衣はその場で脚を上げて一気に飛躍。さながら高所を射抜く弓矢の軌道のような線が透衣の回し蹴りで描かれ、足の甲が風間の頭を打ちぬく。

頭に攻撃を受けたのが風間に大きく響き、魂が抜けたように風間はその場であやふやなステップを踏む。その隙も透衣は見過ごさない。

「――殺す」

透衣の得意技、ソバットが風間の胸に突き刺さり、風間は教室後方へと突き飛ばされる。

その先には――建っていた机のバリケード。

「う、うわぁぁぁぁぁぁぁぁぁぁぁぁぁぁあ～!!!!」

バリケードは風間が触れた衝撃で一瞬にして崩れ落ち、風間は生き埋めになる。

リラはその透衣の圧倒的な強さに唖然とする。

「『どいつもこいつも自分のことをわかろうとしねえ』って？　似たようなこと言ってたヤツ、一人知ってるよ。ろくなヤツじゃなかったけどな」

風間(かざま)は瓦礫(がれき)に埋もれ、返事をする余裕もない。

「……死んだか？」

透衣(とうい)は雪崩(なだれ)の様子を見届け、机の山に埋もれる風間にそう尋ねる。

「ふ……ふざけるなッ……俺はまだッ」

「あっそう」

すると透衣は、風間の上に積もった机をガサツに払(はら)い除(の)け、

「じゃあ、足んねえな」

風間の身体(からだ)を剥(む)き出しにしたあと、さらに風間の腹をありったけの力で踏みつける。

「げっほぉッッッ！」

さらに何回か踏みつける。

「こんだけのことッ、したんだもんッ、なぁッ？　覚悟ッ、してんだッ、ろッ？」

「グホッ……ゲホッ……オエッ……い、痛いぃ……痛いぃ……」

「この程度でぴーぴーうっせんだよ。ほら立て」

そして今度はボロボロになった風間の胸ぐらを掴(つか)み、教室の端に投げ飛ばす。背中を強打し、吐き出すような声を出す風間。リラは濡(ぬ)れた目もそのままに、ただそれを茫然(ぼうぜん)と見

ていた。今やられているのは自分を辱めようとした相手だ。助ける気はもちろんないし、リラの力では、今の完全に怒り狂った透衣を抑えられない。

「お前。白姫（しらひめ）になにするつもりだったんだ？」

「お、俺はリラを幸せにしてやろうと思っただけだ……こうなったのはリラが抵抗したからだ……リラがお前に洗脳されてしまったからだ」

「おい、質問の答えになってねえぞ。本気で死にてえのか」

「俺のものにさえなれば……俺はリラを幸せにできるっていうのに――」

「ッ……!!」

透衣はその一言に顔色を変え、風間を捕らえ胸ぐらを掴むと、まなじりを決して叫んだ。

「幸せなんてこいつが勝手になるもんなんだよッッッ!!」

強烈に言葉を羅列する透衣。リラの幸せの尊さを、さながら自分のことのように訴える。

「幸せなんて人それぞれなんだ！　シェフの作った高級料理食って幸せに思うやつもいれば、家族が作った料理を食う時間が一番幸せな奴（やつ）もいる！　金に困らないことが幸せな奴もいれば、何気ないありふれた日常が幸せだと思う奴もいる！　白姫の幸せは白姫が自分で見つけるもんだ！　おめーが白姫の幸せ語ってんじゃねえぞッ!!」

透衣(とうい)の置かれている立場も人間性も知っているからこそ、リラにとってその言葉は、重くのしかかり、深く染みた。

透衣は言い終えると、嘆息を大きく吐(つ)き、風間(かざま)を投げ捨てる。

「……ダメだこいつ、話になんねえ。白姫(しらひめ)、こいつになにされた?」

こっちには振り向かずに、透衣は自分に事情を訊(き)いてくれた。

「こ、告白されて……断って、襲われて……その人、あたし達(たち)がここでしてたこと全部知ってて……それを弱みに脅されて……」

「全部……?　おいてめえ、どこまで知りやがった……」

「お前がキスと引き換えにリラの言うことを聞いていたことと……婚約を結んでいることは聞いていた……」

「……わかった。それをボコボコにした逆恨みでバラされんのは俺も白姫も困る。秘密を守ること、もう俺とこいつに二度と近づかねえこと、この二つが守れるなら今だけは見逃してやるよ。もしこの約束を破ったら——本当に殺さねえといけなくなる」

「わ、わわ悪かった……見逃してくれ……」

「……消えろ」

「くそぉ……」

風間は腹部を抱え、ふらふらになりながら、教室を去っていった。入口に目をやり、狭く薄暗い教室の壊れた入口から外の光が眩く差し込んでいることに気づく。

「――嫁に行けねえところだったたな」

透衣のその冗談に、リラは言葉をうまく返せなかった。

「……怪我とか、他にされたこととかねえか」

光に照らされた透衣が、リラの方を振り向く。

「……う、うん。大丈夫。なにもされずに済んだよ……」

「ならいいけど……お前さぁ、俺のこと避けてただろ？」

透衣は照れくさそうに頭を掻く。

言いたいことはたくさんある。

避けてしまってごめんなさい。でもキミの辛そうな顔を見たくなかったんだ。でもどうしたらいいかわからなくて、遠ざけてしまった。

こんなワガママなあたしを許してくれてありがとう。離れてわかった。あたしはまだ、キミに甘えていたい。

そう告げたいのに、リラの中でもう一人の自分がそれを抑制する。

透衣を困らせてはいけないぞ、と。

そのせいでどうしても、何を言いたいかじゃなく、何を言うのが正解かを考えてしまう。

「……ごめん。どうしたらいいのかわかんなくて……透衣くんのこと、可哀想になって……でも、パパのこともあるし、わかんなくて……もうわかんない……ごめん……ごめん……」

だけど、それは杞憂だった。上手く言葉を話せなくなり、今にも心が壊れそうなリラに、透衣は優しく微笑んだのだ。

「……白姫、今から時間あるか？」

◇

「熱、看病してくれてありがとな。お前のおかげで元気になったし、店もどうにかなった」

「……うん」

帰り道、白姫とした会話はこれくらいだった。

俺も特に、それ以上話すことはしなかった。どうせ話しても、多分白姫は無理して平気な振りをして、肝心なことはなにも話してくれないだろうからだ。

「……メゾン？」

「そう。入って」

白姫をメゾンに連れてきた。

俺の部屋に繋がる側の玄関から中に入って、俺の部屋を経由してメゾンに降りる。

「カウンター座ってろよ」

白姫を座らせると、制服のまま店のサロンエプロンを腰に巻き、手を洗った。

「……うしっ」

まずバニラビーンズを準備。鞘（さや）の両端を包丁でカットし、さらにその鞘に縦の切込みを入れ、ぱっくりと開けば、あとは中のシードを包丁の背でこそぎ落とすのだ。

次に、炊いてあるごはんを用意。ステンレスのザルの中で濯（すす）ぎ、ぬめりをとる。

ぬめりの取れたさらさらの米をそのまま小さめの鍋に入れ、砂糖をふんだんにまぶし、さっきのバニラビーンズも加え、牛乳で浸し、様子を見ながら煮込む。

本当はじっくり煮込めればいいのだが、白姫を待たせるのも悪いので、十分と少しで火を止める。

仕上げにそれを小さいボウルに移し、大きいボウルに氷水を用意してそこに調理中のデセールを小さいボウルごと浸し、冷やす。

冷たくなれば、あとは皿に盛りつけるだけ。上にイチゴジャムとミントの葉っぱを乗せるのは完全に俺好み、スプーンも添えておいて、完成。

完成したスイーツを持って、俺は白姫の待つカウンターに戻った。

「……お待たせしました」

「それって……」

料理を人に運ぶ時はいつだって、誠意を込めて。

「──『リオレ』、です」

白姫は不思議そうに、料理と俺を交互に見る。

「食べてみろよ」

「う、うん。いただきます」

白姫はすす、とリオレにスプーンを通し、一口を口に入れると、ゆっくり咀嚼した。

いつもの調子じゃない、大人しくなった白姫を見つめながら、俺は話をした。

「それ、昔ここで、前言ったシェフの人に作ってもらったことがあんだよ」

俺は過去のことを思い出しながら、耳のメダイユに触る。

「……リオレってさ、米と牛乳なんだぜ。すげえよな、米と牛乳なんて、食べ合わせすげえ悪そうなのに、こんな風に調理すればおいしく食べられる。初めて見た時は俺も、食べる前にそれが米だって聞かされたせいで、食べるまでに時間かかったな。だけどおいしかった。今でも忘れらんねえくらいな。で、そん時に、そのシェフの人が言ってくれた言葉があってさ」

白姫はふと手を止め、話に耳を傾ける。

「料理は表面だけで見てもなにもわからない。食べて味わって、初めて料理のすべてを知る。人もそれと一緒で、見た目だけで判断しちゃダメだ――ってさ。最初聞いた時は、ただ人は見かけによらないってだけの話だと思ってたんだけど、お前と一緒にいてなんとなく本当の意味がわかった気がするよ」

俺はカウンターに肘を突いて、自分の作ったリオレをぼーっと見つめる。

「人って見えてるものがすべてじゃねんだなって、今は思う。考えてることとか、抱いてる感情とか、もっと奥底の本質とか、そんなのは見てわかることじゃねえ。ちゃんと話して、関わって、きっと口にしてみるまではわかんねえことなんだよ。――お前のこともな」

俺が白姫の方を見ると、同じく白姫も俺の方を向いていた。やっとこっちを向いてくれて、嬉しくなって微笑みが零れた。

「いちごに言われて俺から離れてくれてたんだろ？　自分の家の事情もあんのに、どこまでもお人好しだな」

「なんでそれ……」

「いちごに聞いた。あいつが自分から言ってきたんだ。伝えてくれたってことは、内心あいつも気にしてたんじゃねえかな、お前のこと」

俺は厨房側から白姫の座る席側の方に回って、白姫の隣に座った。

「なあ白姫、それ、もう一口食べてよ」

白姫（しらひめ）は俺の言う通りに、もう一口リオレを口にした。

「おいしい？」

「……うん」

「よかった。甘いだろ？」

「甘い……」

「それだよ」

「……？」


「それが白姫の気持ちだよ」


白姫はまたきょとんとした顔で俺を見つめた。

「誰のために何をするかじゃねえ。もっと単純でいい。甘いもん食べて、お前が甘いと思うのと同じように、お前が今どう思ってるのか、どうしたいのか。俺は、それが知りたい」

俺が言うと、白姫の目がうるっ、と光った。

それを誤魔化（ごまか）すみたいに、白姫は一口リオレを口にして嚥下（えんげ）すると、声を震わせた。

「……ダメなの。あたしはそんなワガママ言っちゃいけない人間なの。これ以上透衣（とうい）くんやいちごちゃんに嫌な思いさせたくない……」

「白姫」

俺は、白姫の頰に手を添えて、前傾した。

「えっ――んッ」


俺から白姫にキスをした。


唇を押し付けるような下手くそなキスをする。白姫の唇はリオレのせいか、すこし甘い気がした。身体の微々たる揺れによって、白姫の目からつつ、と一筋の涙がこぼれ落ちる。

「ふぇ……な、なに……このキス……へ……？」

「……なにって、今日の分。お前が言ったんじゃん。俺からのキス、待ってるって」

「透衣くん……」

「俺と結婚なんてごめんだから関係切るってんなら、それでいい。けど、俺のために関係切るとか、そんなのいらねえから。効いたんだよ、お前の優しい気持ち。お前がみんなに優しくしてるみたいに、俺もお前には優しくなりたいって、今は思う」

白姫の涙で濡れる頰を、てんてんと、パーカーの袖で拭ってやり、目を見つめる。

「お前とのキスがある限り、俺はお前の下僕で、俺に拒否権なんてない、だろ？」

「あたしが透衣くんの隣にいたら……透衣くんの夢の邪魔をしちゃうよ……？」

「いいって」

「ワガママいっぱい言っちゃうよ……？」

「言えばいいじゃん」

「透衣くん……あたし……あたしね……」

拭いてやったそばから、白姫は堰を切ったように涙を溢れさせた。


「透衣くんと一緒にいたいッ……！」


白姫は席を立って、俺の胸に縋りついて泣いた。

「あたし、透衣くんのそばにいたい……！　透衣くんの横でだけは、ありのままの自分を許されたい……！　あたしの思いを叶えたい……！　透衣くん、お願い……あたしから離れないで欲しいの……！」

俺はそっと、白姫の背中に腕を回した。風邪の時に白姫がしてくれたように。

「それでいいじゃん」

完璧だとか優等生なんて言葉で括られていたこいつの本当の顔は、普通の高校生で、それでいてまったくもって不完全で、ただのワガママな女子なんだ。

怒ったり笑ったり、今みたいに泣いたり、感受性豊かで、ミルクティーが好きで、時々毒舌で冗談言ったり、からかってきたり、無邪気で、子供みたいで、意外と小さな事で文句垂れたりして、都合良くて、あざとくて、でもなんだかんだ困ってる人のことはほっとけなくて、他人に強く出れなくて、やっぱ無理して笑って、不器用で、結局思うように出来なくて、人の悩みで人より悩んで、悩みを人に言えなくて、本当は俺のことを頼りにしてた、そんな普通の人間だ。

真逆だって勝手に決めつけてたけど、本当は俺と同じことで悩んでたんだ、白姫は。

あの時から、既にだ。

俺は思い出して、白姫の髪を柔らかく撫でた。

「このショートカットの髪さ、理由はともかく、切りたかったから切ったんじゃねえの？」

「え……？　なに……？　切りたかったからだよ……？」

「初めて話した時からずっと素直に言えなかったんだけどさ」

「うん……？」

「……俺はこの髪の方が好きだよ」

「うぅ……うわぁぁぁぁぁん……！　ありがとぉ……！　ありがとぉおおお……！」

白姫の髪を優しく手で梳かすと、白姫はますます涙を溢れさせて俺の胸に顔を埋める。

「ハハハッ……うん。俺もありがと、ホント色々、お前からはたくさん貰ったよ。……でも、これでおあいこだからな」

白姫は俺の胸に収まったまま、俺の顔を見上げた。

「お前は看病してくれて店を助けてくれた。俺もお前のことを変態から助けた。これで全部チャラ。だから明日から俺たちは元通りだ」

「元って……？」

「なにも『夢を諦めた』なんて俺は言ってねえ。俺は絶対メゾンを守るから、お前は俺を逃がさねえようにせいぜい踏ん張れよってことだよ」

白姫はそれを聞いて納得してくれたのか、こくりと一回頷く。そうして俺から離れ、椅子に座り直すと、自分の涙を指の甲で拭い、ぐすっと一回鼻を啜って、きらりとはにかんだ。

「ありがとう、透衣くん！　これからもよろしくね！」

メゾンがどうなるかはまたわからなくなってしまったけど、でも今はこれでいい。俺の勝手でこの笑顔を消してしまっていいはずがない。

それくらい、この笑顔は、尊いから。

そして白姫はまた一口、リオレを口にする。おいしそうに食べる白姫の顔。今の俺はそれが見られただけで満足だった。

どうやら俺の言いたいことは伝わったみたいだ。俺が一番知りたかった白姫の気持ちも知ることが出来たし、ここはひとまずこれで一件落着ということでいいはず。

「これ、すごく甘くて、すごくおいしいよ」

白姫はリオレをおいしそうに頬張りながら、感想をくれた。

「え？　ああ、そりゃよかった」

「せっかく作ってくれたんだし、ほら、透衣くんも」

すると白姫はそう言って、スプーンでリオレを掬うと、そのまま俺に向けてくれる。

「はぁ？　いやいいって、お前のために作ったのに。全部食えよ」

「もう、恥ずかしがらないで！　料理は誰かと食べる方がおいしいの！　ほら、あーん！」

すっかり元気になった白姫は、幼気に頬を膨らませる。

まあ、そこまで言うなら、もらうか。

「……わかったよ」

「うん、はい、あーん」

そして俺は、また同じ手に引っかかった。

「あ、あ――――……あっ？」

――ぷいっとスプーンはUターンし、そのまま白姫の口の中に入っていった。

「みっともない顔」

綺麗(きれい)な顔に浮かび上がるしたり顔を見て、ようやく俺はまたこの小悪魔に騙(だま)されていたことに気づく。

「こんのォ……」

すっかりいつもの調子に戻った白姫は、辱めを受けた俺を見て、ぷくく……と笑いを堪(こら)えている。

「自分で言ったんじゃん、元通りって。だったらまだまだ言うことたくさん聞いてもらうし、更生だって辞めさせないもん。覚悟しててね？　透衣くん」

この女、白姫リラという存在を前にして、俺は、メゾンを守ることができるのか、それともまた別の道を歩むことになるのか、それはわからない。今の俺に言えることは、ただ一つ。

「やっぱお前なんかと結婚したくねぇッッッ!!!!!!」

Epilogue

エピローグ

Cet amour vous convient-il ?

出勤前、部屋の鏡の前で、メゾンの制服に着替えながら短く嘆息をつく。

風間と対峙したあの日から三日が経った。

風間が起こした出来事は、俺が壊した扉のせいでその日の夜に見回っていた警備員によって呆気なく発覚。翌日、風間の自白と白姫の証言によって、風間は退学となった。

一方、俺は白姫を助けた真のヒーローになるのだが、なんと、扉をぶっ壊した罪で、反省文プラス一週間の停学処置を喰らった。抗議しても良かったが、不良の俺にとっちゃ停学なんて実質休日。わざわざ学校から許しを得て一週間登校しなくていいというのはそれはそれで魅力的だったため、黙って処分を飲んだ。

ただ問題はそれだけじゃない。あいつのことを受け入れたのは良いものの、このままじゃメゾンは白姫家の物になってしまう未来が依然として変わっていないのだ。

「ていうか、なんで俺はあいつなんかのこと庇っちまったんだ……」

思えば俺の行動は矛盾していた。メゾンを守りたいはずなのに、その夢を阻む敵に塩を送って……一体俺はなにがしたいんだ。

それに、謎は深まるばかりだ。なぜあいつが頑なにワガママを言わず、他人に媚びて生きるのか、白姫家がメゾンと一体なんの関係があるのか、それに、個人的には髪を切った理由も気になるところだ。

なにはともあれ、自分で引き戻してしまったものは仕方ない。俺は、今後メゾンを存続させるにはどうするべきなのかを練る他ない。そうすればわかる事もあるだろう。

なんて考えていると、そろそろ店の開店準備を始める時間。真淵さんも調理を始め、いちごも下の店に着いてる頃だ。

そうして支度を終えて、いつものように部屋から店のフロアに降りると、いつもと違う目の前の光景に、思考が停止する。

店のカウンターテーブルの席に腰掛けているのは、見覚えのある金髪ショートカットの女だった。

「やっほー、透衣くん♡」

そこにいたのは、俺を悩ませる張本人、S姫こと白姫リラだった。

放課後、学校からそのまま訪ねてきたのか、白姫は制服のままだ。

「なにしに来たんだよ……お前……」

白姫は呑気に、真淵さんに作ってもらったと思われるミルクティーを、グラスにストローを入れて飲んでいた。

「リラちゃんがねー、どうしても透衣の顔が見たいって。だから開店前の時間なら少しだけ余裕あるかもって、うちが誘ったの」

いちごが更衣室から出てきて、髪をポニーテールにまとめながら説明をしてくれる。

「それに、うちもリラちゃんと仲直りしたかったし……ね」

白姫(しらひめ)は硬直する俺を差し置き、カウンターに頬杖(ほおづえ)をつきながら、フロアに出てくるいちごを目で追いかける。

「気にしてないって。いちごちゃんが透衣(とうい)くんのことを思って言ったことだもん。なにも間違ってないよ」

白姫はストローに口をつけると、一口飲んだ後に、グラスの結露を親指で拭う。

「ただ、あたしもあたしの気持ちに真っ直(まっす)ぐ生きることにした。それだけのことだよ。透衣くんがそれを許してくれたんだし、いちごちゃんがどう言おうと、あたしの気持ちはもう変わらない。いちごちゃんも、あたしも、それから透衣くんも、お互いが正しいと思う道に進めばいい。だよね？　透衣くん！」

白姫から意味ありげなウィンクが飛んでくる。そりゃそういう世界を俺は望むが、白姫の目はなんだか含みがありそうで、不覚にも心拍音が跳ねる。肯定して大丈夫なのか。

「えーっと、その……」

「で、でも透衣はメゾン継ぐんだもん！　ね！　ね！」

「え！　まあ、そうできればいいんだけど……」

「だよね！　ほら、はっきり言ってやんなよ！」

「え、あぁ……」

俺がカウンターテーブルの端で狼狽(うろた)えていると、いちごが俺の右腕をとって、むうっとした表情で顔を覗(のぞ)き込(こ)んでくる。俺がその目から視線を逸(そ)らすと、今度は反対側から席を立った白姫が俺の左腕をとる。

「えー、透衣くん……あたしと結婚してくれないの……？」

「ちょっとリラちゃん！　勝手なこと言わないでよね！　仲良くするのはそれとして、うちまだお店のことは納得いってないんだから！」

いちごが負けじと俺の腕を引く。肘あたりが柔らかい感触に埋もれていく。

「透衣くんとあたしが結婚するのに、いちごちゃんの許可がいるの？　なんで？」

「ぐっ……ふーん、あっそ……リラちゃん、そういうカンジね？　それが本性だ？」

「そうだよ？　あたしはこういう女の子なの。でも透衣くんはそれでもいいって言ってくれるの……♡　ね、透衣くん♡」

ぐっと、今度は白姫が俺の腕を引っ張る。こいつ……やけに大胆になってねえか？

「透衣！　鼻の下伸ばすなぁ！」

ギュウ……。

「もう、透衣くんたら、言ってくれればもっとイイコトだってしてあげるのに♡」

ギュギュウ……。

「だ、ダメだよ透衣！　絶対絶対ダメ！」

ギュギュギュウゥ…………………。

「あー！　もう！　いい加減にしろ！」

「「やぁん……！」」

そろそろ腕が鬱血しそうになったので、俺は二人の手を払いのけて、距離をとる。

「お、おお、俺、外に行ってくるから！　いちごはとっとと仕事に戻れよな！　し、白姫も邪魔すんなら早く帰れよ！　あと変態シェフ！　見てねえで飯作れ！」

俺が言うと、しれっとキッチンから顔を出していた真淵さんは何も言わず、にんまり俺に微笑みを浮かべて、キッチンの方へフェードアウトした。

一方いちごは、「もう……」と鼻息荒く俺を睨みつけ、白姫はそんな店の様子を見てクスクスと笑みを零している。

「ったく……」

俺もさっさと開店準備に入る。

あの一件の後だが、お嬢様気質は健在、もうなんてことない。それどころかいちごにも強く出れるようになっていて、俺以外相手だとお人好しを演じるという弱点すらも、この店の中じゃ克服しやがっている。一周回って完全に開き直った白姫は、こりゃまた厄介だ。

店前の電灯のブレーカーをオンにした後、店裏から、入店待ちする客用のベンチと、ブラックボードのメニュー看板を引きずりだし、日替わりコースのメニューをチョークで書き換える。

もうすぐ開店時間の午後六時。空は夜の帳を降し、明かりが街に灯り始める。

すると店のドアベルが鳴り、鞄を肩にかけた白姫が店から出てきた。

「透衣くん」

「……んあ、帰るのか？」

「帰る前に少しだけ話したくて」

「……お、おう」

俺が頷くと、ブラックボードの前でしゃがんでいる俺の横で、白姫も同じようにしゃがむ。

「反省文、ちゃんと書いた？」

「なにを反省しろっつーんだよ……助けてやったのにさ」

「ハハ……そうだよね」

白姫は擽ったそうにくしゃっと笑う。

「……ごめんね。助けてもらっちゃって」

でも白姫のセリフは、またどこか自分を卑下するような意味合いを含んでそうだ。

「またごめんって言った。お前の悪い癖だぞ、それ」

白姫の方を見ると、白姫は俺の方を向いている。長く顔を合わせるのが少し恥ずかしくて、ブラックボードに目を逸らした。

「……ごめんって言うより、ありがとうって言ってくれた方が、俺は嬉しい」

「そうだね、ありがとう！」

「……おう」

会話が終わり、沈黙が訪れる。そしてしばらくして、また白姫が口を開く。

「……メゾン、まだ諦めてないんだよね？」

「あたりめーだ」

「さすがだなぁ」

「褒めてんのか？　それ」

「褒めてるよ、尊敬すらしてる。それに、見習おうとしてる」

白姫は、俺の字を見つめながら話を始めた。

「あのね、透衣くんがあたしに、『ワガママ言っていい』って言ってくれた時、本当に全部あたしの好き勝手に生きようかなって、少しだけ思ったよ」

「……うん」

「だけどそれでも、あたしはパパのため――それからみんなのために、この婚約は絶対に上手くいかせたいと思ったんだ。多分、それがあたしの意思なんだよ。誰かに言われたからじゃない。あたしだけのあたしの気持ち。だから透衣くんがこの取り引きと戦う気なら、あたしだって絶対に負けない。透衣くんから学んだことだから」

白姫は迷いなく微笑む。いつかの愛想笑いとはまた違う、白姫の心の晴れ模様がそのまま滲んだような表情だ。

「ねえ、透衣くん」

そして白姫は俺の肩を押さえ、俺は思わず尻もちをつく。その上に覆い被さるように白姫は俺を跨ぎ、地面に膝をつき、

ちゅむっ。

——俺と唇を重ねる。熱っぽくて、そのくせ瑞々しくて、柔らかくて、甘くて、ちょっとだけ痺れるような、そんなキス。

唇を離した白姫は、笑顔を綻ばせて小首を捻り、俺の口癖をまねて訊ねてきた。

「そんなあたしは、透衣くんのおくちにあいますか？」

「お前……なに言って……それどういう……」

人に見られていないか辺りを見渡す。幸い、店前の人通りは一切なかった。ちなみに店内のいちごにも気づかれていないようだった。

そして、再び白姫に目を戻す。

「そんなの……いきなり言われてもわかんねえし……」

オレンジ色の電灯の灯りに照らされた白姫の顔は、ほんのり赤らんでいて、潤んだ綺麗な目を震わせ、それでも真っ直ぐ俺を見ていた。今までしてきた義務的なキスの時とは、どこか雰囲気が違う。

「……そっか」

白姫はそれだけ聞いて立ち上がると、制服のスカートを正して肩の鞄の紐を直す。

「なら、これからもっと味わってね」

ニカッと笑った白姫は、また学校でと俺に手を振ったあと、振り返らずに店を去った。

その瞬間、なんで俺が白姫との関係を繋ぎ止めたのか、自覚が生まれた。

——あ、俺、あの笑顔が好きなんだ。

すると、店の扉が開く音がし、いちごが俺の様子を見に外に顔を出した。

「ちょっと透衣！　いつまでリラちゃんと喋って……あれ？　リラちゃん帰ったの？」

「え！　あ、あぁ……」

「……ん、なんかあった？」

「い、いや別になにも……」

「ん～！　怪しい！」

「な、なんもねぇっつってんじゃん！　お前は知らなくていいから！」

「……まーたうちには教えてくれないのね。わかりましたよ～だ。ったく、だったらいつまでも外にいないで早く中戻ってよね」

「はいはい……」

俺はCコースの一番下に、『デセール　リ・オ・レ　～レモンを添えて～』と記した後、店の扉の掛札を『ＯＰＥＮ』に裏返し、メゾンの中に戻った。

◇

白姫が去った後、何事もなくメゾンの営業を終え、閉め作業を始める頃のこと。

最後の客の見送りをして、店の中に戻った俺が、いつものように真っすぐキッチンに向かおうとしたところを、フロアの中央でいちごが呼び止める。

「ねえ透衣～、見てこれ～」

いちごが引きずりながら俺に持ってきたのは、脚のぐらついた木製の椅子だった。

「五番卓の椅子……さっきお客さんが座った時になったたって。これもうダメだよね？」

どうやら付け根の部分の金具が緩んでいるようだった。

「確かに……誰かが座って転んだりしたら危ねえな」

とはいえ、俺じゃどうにもならないのでそのまま真淵さんに報告した。

「あー、直せないこともないけど、まあ、別に一脚くらい無くなったって困らないからな。うち繁盛してないし」

「そんなこと言うなよ！」

悲しくなるシェフの自虐に、せめて俺だけでも店の味方のつもりでとツッコミを入れる。

「まあまあ……そうだ透衣、裏の倉庫の鍵渡すから、この椅子仕舞ってきてくれよ」

「は？　倉庫……？　倉庫って……」

「わからないか？」

まあ、わからなくはない。店の裏に、家庭用の古びた物置倉庫がある。

「いや……あそこって開くのか……誰かが触ってるところ見たことなかった」

「おう、これに付いてる小さい方がその鍵だから」

真淵さんは、俺も知っている店の正面入口の鍵を渡してくれた。リングに、正面入口の鍵の他に、なんの鍵だかわからない小さな鍵が付いていたことは確かに把握していたが、まさかその鍵が倉庫の鍵だったとは……俺、一応ここに住んでるんだけどな。

ひとまず外の閉め作業を終えたあと、俺は椅子を片付けに店の裏に回った。他の建物に囲まれていて、街灯も届かず、辺りはとても暗かった。

倉庫まで辿り着いて、鍵を使って戸を引くと、中のホコリが舞い、軽く噎せてしまう。

「中パンパンじゃん……椅子なんか入んねえよ……」

ずいぶん年季の入った倉庫の中には、昔親父がシェフをしていて繁盛していた頃の名残か、整列用のプラスチックのポールやチェーン。それから今でこそなにも植えていない花壇に昔はあった花のための栽培セットや肥料など、今のメゾンには必要のないものが詰め込まれていた。

椅子を仕舞うスペースを作ろうと、とりあえず一番手前に仕舞ってあった、植物のツルを伝わせるための支柱を取り出そうとすると、支柱の長さのせいで上の棚をつついてしまう。

「わっ」

そのせいでそのまま棚の底が外れ、上に仕舞ってあったものが一気に俺に降り注ぐ。

「ケホッ……もう最悪……」

そんなガラクタの雪崩の中、一枚の紙きれが、時間差でヒラヒラと俺の元に落ちてくる。

「……んだこれ？　写真？」

予想通り写真のようだった。人が写っていることはうっすらとわかるが、暗くて誰なのかよくわからない。外に出る前にポケットに入れておいたスマホの明かりで、写真になにが写っているのか確認する。

「カミーユさん……？　――と……これって」

少しずつ頭に入ってくる写真の構図。そして俺は全てを理解して、言葉を失った。

その写真に写っていたのは、メゾンの前に立ち、カメラに向かってピースをする、俺の恩人である元メゾンのシェフ、カミーユさんの姿。

そして、笑顔でカミーユさんの腰に抱きつく、そのカミーユさんにそっくりな、金髪のショートカットの小さな女の子の姿だった。

あとがき

はじめまして。第19回ＭＦ文庫Ｊライトノベル新人賞にてデビューすることになりました、優汰（ゆうた）です。

さて、本作品は読者の皆様のお口に合いましたでしょうか。俺が言うたらめっちゃサブいっすわこのセリフ。

個人を重んじる透衣（とうい）くんと、他者を重んじるリラちゃん。どっちが正しくてどっちがまちがってるとかではないですけど、今自分のことばかりになっている人は、少し身近な誰かに目を向けてみて、今人目ばかり気にしている人は、一度自分を労（いた）わってみてはどうでしょうかね。とか言ってみたりしちゃったりしてみちゃったりして、なんつって。

以下謝辞。

まず、審査員の先生方、ならびに、ＭＦ文庫Ｊライトノベル新人賞に携わってくださった皆様。いただいたチャンスで、悔いなく頑張りたいと思います。

担当編集様。こんなクソガキの小説と真摯に向き合ってくださって、本当にありがとうございます。何から何までいつもお世話になっております。これからもクソガキの相手をよろしくお願い致します。できれば僕がオッサンになっても面倒見て欲しいです。

イラスト担当のういり先生。

とっても可愛くてセクシーなイラストの数々、本当にありがとうございます。キャラデザが届いた時、興奮でその日の夜眠れませんでした。ういり先生の絵が届く度に、それが僕の執筆のモチベーションになっていました。本当にありがとうございます。

帯コメントを引き受けてくださった屋久ユウキ先生。

感謝してもしきれません。こんなしがない新人作家の作品を、読んで、しかもコメントまでくださって、本当にありがとうございます。作家としても、一ファンとしても、いつまでも僕の憧れの作家様です。これからも陰ながら応援しております。

普段僕のそばに居てくれる身近な方々には、この場ではなく改めて直接お礼を言いたいと思います。

そして、読者の皆様。

僕の作品を読んでくださって本当にありがとうございました。この作品を少しでも良いと思っていただけましたら幸いです。よろしければ作品の公式アカウントなんかもありますので、下記の二次元バーコードからそちらのフォローなんかもお願いします。あ、僕のアカウントもついでに……あの……その……なんでもないです。

では、またどこかでお会い出来ることを祈っております。マジで。

MF文庫J

この恋、おくちにあいますか？
～優等生の白姫さんは問題児の俺と毎日キスしてる～

2023年12月25日　初版発行

著者　優汰

発行者　山下直久

発行　株式会社 KADOKAWA
〒102-8177 東京都千代田区富士見2-13-3
0570-002-301（ナビダイヤル）

印刷　株式会社広済堂ネクスト

製本　株式会社広済堂ネクスト

Printed in Japan　ISBN 978-4-04-683152-1 C0193

この作品は、第19回MF文庫Jライトノベル新人賞〈佳作〉受賞作品「この恋、おくちにあいますか？」を改稿したものです。

【 ファンレター、作品のご感想をお待ちしています 】
〒102-0071 東京都千代田区富士見2-13-12
株式会社KADOKAWA　MF文庫J編集部気付「優汰先生」係　「ういり先生」係